明德书系 文学行走
远路 & 情思

刘再复 著

四海行吟

中国人民大学出版社
·北京·

自 序

把大思考与大体验带入游记

旅游文学注定是有前途的。因为读世界这部大书比读图书馆中的小书更为重要（王国维早已如此断言）。读这部大书，可以扩大眼界，可以丰富心灵，可以诗化人生。也就是说，读山川、读大地、读沧海、读世界，永远是人类争取"诗意栖居"、争取存在意义所必需的。从这一"根本"上说，旅游文学肯定不会消亡。

但是旅游文学现在面临着空前的挑战。这是因为现代科学技术高度发展之后，发明了照相机、摄影机，甚至发明了带有"千里眼"的无人驾驶飞机。这些机器所拍摄的实景风貌，使老式的游记显得十分苍白。任何文学描述都不如艺术影像。费尽心力摹写大峡谷、大瀑布而消耗的几朝几夕，还不如照相机的一刹那。

但是照相机、摄影机，却有根本性的局限：这就是它只能呈现世界的表象，不能进入世界的深处；只能反映生命的外观，不能展示生命的奇观。而这，正好给旅游文学的发展提供新的可能性。换句话说，往世界深处发展，往

1

生命奇处发展，这正是当今旅游文学的出路。

二〇一二年北京三联书店开始出版我的十卷本的"散文精编"集（白烨主编）。第三册为《世界游记》，我与编者商量，能否把书名改为《世界游思》。改"记"为"思"，在一字之差里，恰恰蕴含着旅游文学新的前景。

所谓"思"，既是思想，又是情感；既是对"在场"表象的把握，又是对"不在场"的历史、文化、精神的把握。总之，"思"是既要面对看得见的世界，又要面对看不见的世界；"思"是主体感受、主体思索、主体飞扬；"思"是对世界对时代的大思索。由此想开去，我觉得在当今历史条件下，旅游文学的主体感受可以由两种方式实现，除了把对世界的大思考带入游记，还有一种方式，便是让生命大体验（或称"生命大搏斗"）进入旅游文学。

关于第一种方式，我自己曾有所体会。去年，在我的博客和"再复迷网站"上发表了几篇游览欧洲与中美洲的散文，结果反响格外强烈。仅旅德一篇，点击率达七万多次，另外还有一百多个博客转载，其他几篇也被广泛传播，这些"游记"，其实都是"游思"，即对世界进行即兴思考。在德国，我面对德国国会拨款隆重建成犹太人受难纪念碑林久久凝思，觉得德国不愧是一个具有雄厚哲学积累的国家，毕竟是斯宾诺莎、康德、黑格尔、叔本华、马克思等大哲学家的祖国，因此，它就拥有强大的、健康的哲学态度。这种态度，使德国敢于面对历史错误，并产生一九七〇年德国总理勃兰特在华沙犹太人牺牲者纪念碑前下跪的历史性行为语言。这一巨大行为语言，震撼全世界的心灵，也证明德意志民族生存的严肃性，所以被称为"千年一跪"。与德国相比，日本则缺少大哲学家、大思想家，也相应地缺少强大的、健康的哲学态度。因此，他们对自己的历史错误是死不认账，结果只会在靖国神社的战犯亡灵之前叩拜，完全没有想到应当在南京万人坑前赔礼反省。二战结束六十多年了，欧洲已把战争尾巴斩断，但东方还没有完全斩断。

离开德国后我又到了捷克。在布拉格，我看到遍布全城的教堂太美太辉煌了。这在书本上绝对无法了解。面对金碧辉煌的教堂，我明白了，为什么斯大林的坦克军团无法真正占领这个小小的国家，为什么捷克在社会主义时代里"闹事"。因为这个国家的宗教文化太深厚了，这里的上帝太强大了，而且上帝之根从小就扎进捷克人的心灵深处。宗教文化非常柔和，坦克装甲车非常坚硬，然而，柔和者战胜了坚硬者，这一历史事实，证明了我国哲学家老子在两千五百年前所揭示的"以至柔克至刚"的伟大真理。人类世界纷争不已，最后的结局还是至柔的心灵状态决定一切。

最近两三年，我还和李泽厚先生到中美洲的洪都拉斯、贝里斯（伯利兹）、墨西哥等国观赏玛雅的遗迹。两次登览，才真的明白玛雅文明为什么灭亡，而中华文明为什么不会灭亡。原来玛雅种族兴旺时虽有一千多个部落，但没有统一的文字，没有统一的度、量、衡，也没有可以协调各部落部族的统一行政帝国。除此之外，它的文化也没有中华文化那样合情合理。玛雅文化与西方文化一样，只讲合理，不讲合情。但西方主流文化把"理"化为理性并形成完善的法律体系，而玛雅却未完成这种进步；反之，它把原始的幼稚之"理"发展得极不合情。我在一座部落酋长大坟墓的遗迹中看到，崇拜太阳神，这是他们认定的"理"，但不合情。他们的酋长在祭拜太阳神时，杀了自己的五个儿子作祭品，消灭了自己的精英，这怎么能不亡？而中国在祭天时只用猪头、鸡鸭等等，这比较合情。不过，在"文化大革命"中，中国也发生过向扼杀精英的"太阳神"表忠心的荒诞现象，幸而已得到纠正。

这是把对世界的思考带入游记。还有另一种方式是把生命大体验、生命大冒险、生命大搏斗带入游记。这方面三毛的"撒哈拉沙漠游记"为我们树立了典范。我读过《三毛全集》的第一册《撒哈拉的故事》和第四册《哭泣的骆驼》，深受震撼。读了这两本游记，才知道什么叫做用全生命写作。书中的《荒山之夜》，至今还时时撼动着我的思绪。三毛这个作家真不简单，她为了写作，竟和恋人（后成为丈夫）西班牙人荷西，一起到西非撒哈拉沙漠。从一九七三年开始，一直到一九八一年才返回东方定居于台湾。第一册中的《荒山之夜》，写的是她与丈夫在历险沙漠时车子陷入意想不到的泥沼。而三个撒哈拉威族人便乘虚而入，抱住她并准备强奸她。她单身与三个匪徒搏斗，守卫住自己的身体。三毛的这些游记尽管文字上有些粗糙（不像在座的张晓风的散文文字那么精美），然而，因为生命大搏斗的介入，她的游记却展示出一派粗犷凌厉之美，令人读后惊心动魄。这种把生命气息与沙漠大旷野融合为一的散文，真可称为旅游文学的奇观。它既为旅游文学写下崭新壮丽的篇章，也给旅游文学提供了一种根本性的启迪。

　　（本文为作者于二〇一三年十一月二十八日在香港中文大学"第四届世界华文旅游文学国际学术研讨会"上的发言。）

目　录

- **八方浪迹**

八方浪迹

追寻玛雅文明

背着曹雪芹和聂绀弩浪迹天涯

三四年来浪迹四方，在东西大陆里来回往返，逼迫我必须轻装前行，把喜爱的书籍留在原处。书籍实在太重，一部《史记》就比一件大皮袄还重。可是，此次我要去的地方是瑞典，名副其实的雪国，书固然重要，皮袄也很重要。

谁陪我去浪迹天涯呢？从孔夫子到王国维，从柏拉图到海德格尔，从屈原到马尔克斯，拿起又放下，放下又捡起，和妻子女儿争夺几个箱子的地盘。妻子重视的是形而下，民以食为天，以穿为地，书本再重要，也得先求生存。而我崇尚形而上，以文字为天为地，于是争吵，朱熹、尼采就被她从皮箱里驱逐过好几回。没有争论的只有那些我爱女儿也爱的诗人，屈原、李白、李煜、苏东坡等，在皮箱里，有他们的位置。

明知前去的学校图书馆很容易找到，但还是一定要他们陪我漂泊的古人是司马迁和曹雪芹。《红楼梦》中的那一群天真而干净的少男少女是我朝夕相处的朋友，生活在社会的烂泥中是需要一群干净的朋友的。大观园的少男少女，无论是林黛玉、薛宝钗，还是贾宝玉，我都喜欢。我真恨那些把他们划分为不同阶级的红学家，厌恶他们给这些充满天籁的人类花朵戴上肮脏的政治帽子，这比"佛头点粪"还让我难受。不会戴帽子的俞平伯先生还挨了他们一阵乱棍。可是，这些棍子们很快就会化为尘芥，而我喜欢的天真朋友，却在世界八方的精神土地里笑着、闹着、相思着。

除了《红楼梦》，还愿意背着《史记》。当朋友把《史记》从祖国寄到芝加哥时，我高兴了好久。我真喜欢这部又是历史又是文学的奇书，而且喜欢司马迁的精神，在严酷的命运面前绝不屈服的精神。一部庞大而残暴的政治机器，只能阉割肉体，却无法阉割掉人的精神与天才。

现代作家中我所敬爱的聂绀弩，也是一个司马迁似的任何力量都无法阉割其精神的人。无论是恶鬼似的罪名，还是山岳一样沉重的监狱，都不能压弯他那一支正直的笔杆。比罪名和监狱更沉重的打击，是他唯一的女儿在难以忍受的牵连中自杀了。他的夫人周颖老太太告诉我，他出狱后唯一的心思就是想见女儿，怎么向他交代呢？然而，最后还是告诉了他。这一致命的消息本来足以使他丧失理智，可是，他却支撑住命运最残酷的打击，把本该滴落的眼泪吞咽下去，注入笔杆，继续写作。他知道，唯有吐出积压了几十年的正直之声，才能告慰一切自己的所爱和一切受难的灵魂。我不管走到哪一个天涯海角，都背着他的书和他的一些珍贵的字迹。这些书籍与文字，支撑着我的脊梁，帮助我度过世事艰难与心事浩茫的岁月。四年过去了，我没有一天忘记他的名字。因为他的名字，我一天也不敢偷懒，更不敢说一句背叛人类良知的话。

自然，我还得背其他书，俄罗斯的《卡拉马佐夫兄弟》，美利坚的《熊》与《白鲸》，故国的龚自珍、严复、梁启超、鲁迅等思想者，虽沉重，但已背着它们多次跨越天空与海洋了。还有李泽厚的《批判哲学的批判：康德述评》、余英时的《士与中国文化》、李欧梵的《铁屋中的呐喊》、刘小枫的《拯救与逍遥》等，也和我一起辛苦辗转了好几片苍茫的大地了。但是妻子从来不驱逐他们，皮箱里有他们的地盘。这回远行，我把故国的这些学者的书和康德、福柯们的书放在一起，奔赴地球北角的雪原，结果行李超了重，被罚了一百多美元。

一被罚，就想到被罚的日子何时终了，真想有一天能结束漂泊生活，可以面对四壁的藏书，在一张平静的书桌前和古人今人从容对话，既领悟人类的卓越，也领悟说不尽的大荒谬。

（选自《远游岁月》）

灵魂的名单

经常听到谈论学问的根底与学问的功力，但很少听到谈论灵魂的根底与功力。前天听了谈论之后，我又想了想这个问题。

到巴黎的时候，有一强烈的感觉是巴黎有灵魂。"这是一个有灵魂的城市"，我把这种感觉表达在《悟巴黎》中。先不说个人，就说一个国家，一个民族，一个城市，它的灵魂是可感觉到的。此时我想说的是，巴黎不仅有灵魂，而且有雄厚的灵魂的根底。法国的自由灵魂不会随风转向，就是因为灵魂之根扎得很深。无论是到卢浮宫、奥赛宫，还是到巴黎圣母院、先贤祠，我都有这种感觉。先贤祠建造于一七五五年，原先叫做圣·热纳维埃芙教堂，法国革命后才把教堂改为埋葬法国伟大儿子的墓地，伏尔泰、卢梭、雨果、左拉、布莱叶、马拉、米拉波等都在这里安息，这些名字都是法兰西的灵魂，每个名字都是法兰西灵魂的一个强大的根底。我到先贤祠那一天，正是丽日当空，在阳光照耀下，我想到：这里的每一个先贤的名字分量都这么重，其灵魂的内涵本身就是一个广阔的天空。因为五次到巴黎，所以我还赢得时间去参观名播四海的拉雪兹神父墓地。墓地坐落在巴黎最东头的第二十区，范围很广，我们只能按照在门口买到的墓园地图去寻访自己爱戴的灵魂。当时我一看到灵魂的名单就禁不住心跳，除了我原先知道的伟大的巴尔扎克和莫里哀在这里之外，这时才知道歌德、普鲁斯特、拉·封丹、缪塞、王尔德、肖邦、邓肯、斯泰因以及大画家安格尔、毕沙罗、莫迪里阿尼都在这儿。这都是巴黎的灵魂啊！每一灵魂的根都伸进海底，然后穿越蓝色的沧浪，伸向世界的各个角落。可惜我没有时间去参观几乎与拉雪兹神父墓地齐名的蒙马特墓地，朋友告诉我，那里不仅埋葬着法国的伟大作家司汤达、小仲马、龚古尔兄弟、戈蒂埃，还埋葬着德国诗人海涅，每个名字都让我低首沉思。而让全世界瞻仰不尽的卢浮宫，那些伟大的画家的名字和作品，则是让我永远说不尽的珍奇。那里的每一幅画都是巴黎灵魂的根。无须论证，只要列举一些名字，就可以知道巴黎的灵魂具有怎样的底蕴。法国在一七八九年经历了一场大革命，但没有"文化大革命"，他们的政治倾向可以不同，但都共同保卫住自己的灵魂。其灵魂不是靠人工去"大树特树"的，而是靠积淀，靠自己天才的儿子去创造和积累。

美国灵魂的根底就不如法国雄厚，它的历史太短，积累有限。但因为历史太短，所以他们更珍惜历史。开国元勋、开明总统和思想家华盛顿、杰斐逊、富兰克林、林肯都是他们珍贵的灵魂，而马克·吐温、杰克·伦敦、惠特曼也是灵魂的一角。

7

　　中国的灵魂根底本来也是雄厚的。这一根底主要是孔子的学说，但是到了五四运动时期，中国的知识者发觉这一灵魂过于陈腐，它已不能负载中华民族的强大身躯继续前行，因此就把这一灵魂打成碎片，并想借用法兰西的灵魂，但没有成功。后来找到马克思主义灵魂，但根底不深。

　　国家与民族的灵魂有根底的雄厚与薄弱之分，而一个人的灵魂也有根底的厚薄之分。马尔库塞把灵魂分为高级灵魂与低级灵魂。低级灵魂只能用钱币去塞满，我们且不去说它；而高级的灵魂则包含着境界、气质、品行与精神，这种灵魂是否坚韧，便与根底有关。我们感慨人性的脆弱，实际上是灵魂的脆弱。鲁迅在批判国民性时说中国人常常一哄而起、一哄而散，这就是灵魂没有根底。根不深厚便容易随风转向。"文化大革命"中，人们发现"风派"特别多，这全是由没有灵魂之根底造成的。鲁迅一再批判流氓和流氓性对文学文化领域的危害，说这些流氓今天信甲，明天信丁，今天尊孔，明天拜佛，需要你时讲"互助说"，不需要你时讲斗争说，没有一定的理论线索可寻。所谓理论线索，也是一种灵魂的根底。流氓没有灵魂，痞子没有灵魂。痞子文学虽然生动可读，但其致命伤是没有灵魂。灵魂连根拔的时候就会导致流氓主义。

　　对于个人，如果讲灵魂的根底还嫌太抽象，那么换种通俗的说法，便是心灵的底子。一个人心灵美好的部分有没有底子，底子雄厚还是不雄厚，是可以触摸到的。底子太差，就容易受到诱惑，一个红包就可以打碎你的"纯洁"，一番恭维就可以使你晕头转向，一个桂冠就可以使你对着邪恶哑口无言，这就是心灵底子太薄的缘故。心灵底子薄弱的人，既经不起成功，也经不起失败，掌声和挫折都会把他打垮。做学问其实也与心灵的底子有关。心灵中美好部分一强大，就敢直面真理，敢发前人所未发，有胆有识，也才不怕探求路上的辛苦，具有百折不挠的韧性。优秀的学者一般都需要有底气、有胆气、有正气，而这正气都与心灵的根底相关。写了一两本书就自我吹嘘，到处自售，也是缺少心灵雄厚的底子。像托尔斯泰这样的人，即使他已建造了一座人类世界公认的文学高山大岳，也想不到炫耀自己，折磨他心灵的只是人间那种无休止的暴力和趴在田野里洒着汗水的奴隶。这种强大的心灵，是不会被时势、权势与金钱所左右的。

（选自《共悟人间》）

初见温哥华

一

从纽约到温哥华，印象非常不同。纽约给我的感觉是庞大与严峻，而温哥华给我的印象则是温暖与亲切。

纽约到处是高墙绝壁，从地上仰望天空，便发现天空只是一条裂缝。蓝天和彩云全被切割成碎片。我是农家子，从小就拥有辽阔无垠的天空，不大习惯这种裂缝与碎片。纽约是繁华的，但是，它离大自然太远。在时代广场的霓虹灯下，我暗自呆想，要是有一个城市既繁华而又离大自然很近，这个城市该是多么可爱。

仅仅一个月，我就到了温哥华。这里正是一个繁华而离大自然很近的城市。在我远游的岁月中，每漂流一站，要向关怀自己的异地朋友报报平安。在几十封短笺中，首先报告的都是："温哥华真是个好地方。有山有海，还有挂满大地的枫叶，天空是完整的，地上是洁净的，到处都有草香和海香，从白石城的海桥上俯瞰，还可以看到浅海里游弋的螃蟹。"

我无意贬低纽约。然而，在纽约生活的确不容易。要在那里生存下去，必须做一个善于攀登高墙绝壁而不怕被摩天大楼异化的人，年轻或年富力强的创业者都想在纽约感受竞争的风天雨天，一赌神秘莫测的命运。他们相信，能在纽约站得住，就能在全世界的其他地方站得住，于是，他们奋斗，如天地征鸿，充满生命的激情与抱负。我的大女儿剑梅和她的男朋友就在那里奋斗。每当他们从热腾腾的地铁里钻出来就诅咒纽约，但是，他们又留恋纽约，觉得自己的生命力可以在这个大都市里得到证明，潜藏于身内的血性可以在无数机会面前碰撞出火焰，他们天天感到筋疲力尽，又天天感受到筋疲力尽后的满足和活力的自我发现。我羡慕他们，又同情他们。

　　而我是一个绝对不适宜在纽约生活的人。我知道纽约有巨大的音乐厅和无数的大戏院，但我踏不进去，因为，通向大戏院的道路也是高墙绝壁。我害怕这种比悬崖还要陡峭的墙壁，害怕裂缝般的天空。也许因为带着纽约的印象来到温哥华，因此，立即就感到温哥华的轻松、亲近和广阔。一到这里，就感觉时间的长河流经这里的时候，显得从容而和缓，潺潺有序，在纽约的那一种紧张感，顿时松弛下来。这一两个月的经历，竟像跨过喧嚣的急流险滩然后进入了安静的海湾。

二

　　这几年我东西行走，经历了更换生命的远游岁月，在

11

时间与空间的洗礼中放下了许多浪漫的期待和欲望。有力量放下欲望，是值得欣慰的。此时此刻，我别无所求，只求心的安宁，能够从容地想想过去，想想自己走过的路。我有许多文字要写，要拷问时代也要拷问自己，兼有法官与罪人的忙碌，并不偷懒。

然而，我已无须紧张，无须在心中再紧绷一根防范他人的弓弦。在以往的岁月里，我曾着意地追求过，也苦心孤诣地攀登过高墙绝壁，忘不了那个高高的若有若无的"险峰"，孜孜于毁誉荣辱，汲汲于成功与失败、伟大与平凡的世俗判断。倘若自己的文字引起"轰动效应"，心里竟然美滋滋的，以为桂冠和掌声真有什么价值。而今天，这种人生趣味已经过去，此时，我只想把幸存的生命放到实在处，以生的全部真诚去感受人间那些被浓雾遮住的阳光，时时亲吻大自然和大宇宙的无尽之美与精彩，把身外之物抛得远远的。我相信，拥抱山岳拥抱沧海拥抱星空比拥抱名声地位重要得多。

这几年，我像负笈的行者到处漂流，登览另一世间的兴亡悲笑，眼界逐渐放宽，不再把一国一乡一里当作自己的归宿，而把遥远的另一未知的彼岸作为真正的故乡。有人说：你走得太远了。不错，过去的自己真的离我很远。我已拒绝了一切自我标榜的伪爱和一切外在的诱惑，而重新领悟真正的爱义。我这些年喜欢写些散文，就是因为我的心思已脱樊笼，所有的文字都出自己身的天性情思和再生的爱义。我觉得必须把自己炼狱后的灰烬和心灵中的苦汁掏出来给今人与后人看。我在冥冥之中感到有一种力量指示我这样做，我不该拒绝这个绝对的命令。

我相信温哥华能够给我自由的游思和领悟，相信这里的无数枫叶能帮助我抹掉心灵中最后的阴影，为我沉淀血气中最后的浮躁。

三

我真喜欢加拿大秋天的枫叶。把枫叶作为自己的旗帜真是天真而精彩的构思。我相信加拿大国旗的设计者一定如痴如醉地爱过枫叶，一定倾心于这个国度如梦如画的山峦与原野。我漂流到温哥华，一大半是为枫叶而来的。我相信一个以枫叶为旗帜的国家一定很少火药味。我早已从内心深处厌倦人间的战火硝烟，并已拒绝任何暴力的游戏。

当六十年代北京处于"文化大革命"硝烟弥漫的年月，我和一位好友曾悄悄地骑着自行车到数十里之外的香山去观赏秋光，并采集了几片枫叶夹在笔记本里。而这位朋友正处在热恋之中，他还把枫叶作为珍贵的赠品送给当时的恋人，把情感交付给赤诚的红叶。很奇怪，在阶级斗争那么严峻的岁月里，我和朋友的心灵被残酷的理念浸泡了那么久，但仍然充满着对枫叶的渴念，可见枫叶所暗示和负载的情思与人类的天性紧紧相连，而天性深处那一点美好的东西又是那么难以消灭。

今天，我真的来到枫叶国了。眼前到处是枫树林。上

一个星期天林达光教授和他的夫人陈恕大姐带我们一家到
Queen Elizabeth 公园观赏秋色。我一见到满园的枫叶，就
恍如走进了梦境。每一片叶子都那么纯，那么干净，红的
红得那么透，黄的也黄得那么透。园谷中的一棵挂满红叶
的枫树，竟像挂满红荔枝，阳光一照，闪闪烁烁，又像童
话世界中的红宝石。我不仅喜欢这里的枫叶，而且还喜欢
被枫叶过滤过的空气，这是绝对没有硝烟味的空气。我的
思考需要这种空气。

我知道枫叶国不是理想国，并不完美。它不是地狱，
但也绝不就是天堂，它是一个实实在在的人的社会：有美
景，也有困境；有豪华，也有豪华包裹着的冰冷与腐恶。
但我知道它是一个宽容的社会，它的文化正像枫叶上所暗
示的那样，乃是多角多脉络的文化，它不会把来自异国的
知识者当作"外人"和"异端"。我在枫叶下的思索绝对没
有人来干预和侵犯，我有躲进小楼成一统的自由，还有一
张平静的书桌。我可以说自己应该说的话，拒绝不情愿说
的话，让心灵像枫叶似的保持着大自然赐予的一片天籁。

四

温哥华使我感到亲切，除了飘着清香的枫叶之外，还
有在岁月的风尘中依然保持着正直与真诚的朋友。温城有
这么多中国的朋友，真使我高兴。小女儿曾问我：世界的
眼睛是什么颜色的？我愣了一下说：我不知道世界的眼睛

的颜色，但我知道世界的眼睛是势利的。尽管世界是势利的，但有一些超势利的保持着真纯眼睛的朋友。没想到，在温哥华，这样的朋友很多。无论他们是在大学的研究室还是在个人的写作间，无论他们是身居闹市还是隐居山林。

前些天加华作协的卢因先生、叶嘉莹教授和其他朋友们欢迎我，让我说几句话，我就讲了一个四年前的小故事。在芝加哥中国城的一次夜餐上，最后抽到的纸签上写着："你将被一群真诚的朋友包围着。"果然应验，这些年我从美国到瑞典到加拿大都是如此。真诚的朋友给我很多生活上的关注，知识上的启迪，精神上的慰藉。对于这一切，我报以的只是什么也没有的沉默，"心存感激"是没有声音的。

然而，我今天想打破沉默，告诉这些朋友说，你们给我一种连你们也未必知道的东西，这就是信念，对于生活的信念，人类的信念。如果不是友情在我心中注入力量，我也许会在历史的沧桑中失去对生活的兴趣，让精神像燃尽的火把一样熄灭。

（选自《远游岁月》）

八方浪迹 ◆ 初见温哥华

15

悟巴黎

一

一九八八年我第一次随中国作家代表团到了巴黎，至今，已五进巴黎了。在世界上的所有城市里，我和巴黎最有缘分。

我喜欢巴黎，是因为灵魂。我常对朋友说，巴黎是座有灵魂的城市。它的灵魂连着巴黎圣母院的拱顶，连着卢梭、孟德斯鸠、雨果、巴尔扎克的文章；连着达·芬奇、米开朗基罗、罗丹、梵高、莫奈们天才的名字。巴黎的灵魂还有厚实的躯壳，这就是卢浮宫、凡尔赛宫、奥赛宫和读不完的博物馆，每一座艺术之宫，都是我心中的太阳城。

世界上有许多城市只有躯壳而没有灵魂。例如美国的拉斯维加斯，就只有躯壳和躯壳里燃烧的野心和狂泻的欲望。还有许多城市，灵魂或为权力所压碎，或为金钱所吞没，在显耀着无上权威的帝国王座与帝国银座里，只有肉的膨胀，而灵魂则已像荒原似的空空荡荡。然而，巴黎的灵魂却还健在，而且像星空一样灿烂。只要你心中还有一点美的"灵犀",一种人类摆脱兽类之后而积淀下来的基因,你就能与巴黎的灵魂相通,并注定无法抗拒它的魅力而倾倒于维纳斯与蒙娜丽莎之前。我就是一个痴迷的倾心者,并在倾心中感叹:人类的创造物,竟然如此精彩。

人类诞生之后,经受过无数次残酷劫难的打击,神经所以不会断裂,就因为有这些温柔而精彩的灵魂的安慰。一九八九年夏天,当我穿越悲剧性的风暴,第二次走到维纳斯与蒙娜丽莎之前的时候,突然感到一滴一滴的星光落进我的心坎,浑身滚过一股暖流,而且立即悟到:我已远离恐惧,远离沧海那边的颠倒梦想,一切都会成为过去,唯有眼前的美是永恒永在的。

五十年前,当纳粹的强大铁蹄踏进巴黎的时候,巴黎人也相信,一切都会过去,只有维纳斯与蒙娜丽莎是无敌的,她们的光彩不会熄灭,时间属于至真至善至美的至情至性者。"天下之至柔,驰骋天下之至坚",中国的古哲人老子早就这样说。这是真的,没有什么力量可以摧毁艺术,最有力量的不是挥舞着钢铁手臂的暴君暴臣,而是断臂的维纳斯,她才真的是不落的太阳。

在那个动荡的年头,我确实得到古希腊女神和其他古典女神们的拯救。我从她们身上得到的生命提示有如得到火把的照明。当我看到她们那双黎明般的清亮而安宁的眼睛,就知道自己已穿过暗夜并战胜死神的追逐,又回到人类母亲的伟大怀抱,用不着继续惊慌。我在漂泊路上的满身尘土是维纳斯的眼波洗净的,我的已经临近绝望的对于人类的信念是在蒙娜丽莎的微笑里复活的。

就在拂去风尘和复活生活信念的那一瞬间,我想到,如果地球上没有巴黎,这个星球将会何等减色。而如果人类社会没有至美至柔的维纳斯与蒙娜丽莎,假如连她们也没有存身之所,那么,这个世界该会何等荒凉与空疏。我相信,没有她们,历史将走进废墟,世界将陷入比战争和瘟疫更加可怕更加悲惨的境地。

我爱拯救过我的维纳斯与蒙娜丽莎,爱拯救过我的温暖的巴黎。对于她们,我将永怀敬意和永存感激。

二

巴黎属于法兰西,又不仅属于法兰西。倘若要推举世界的艺术之都,只有巴黎才当之无愧。巴黎是开放的,它敞开温馨的怀抱欢迎人类群体中的精英去加入它的创造。

卢浮宫坐落在巴黎,但宫中的许多天才艺术品并不都是法国人创造的。维纳斯出自古希腊的艺术家之手,蒙娜丽莎出自意大利的达·芬奇之手。巴黎珍藏了那么多毕加索和梵高的无价杰作,而毕加索是西班牙人,梵高是荷兰人。世界各个角落的人类大智慧都在这里汇聚,成其灵魂的一角。法兰西的文化情怀是博大的,她不善于嫉妒,不善于说"不",而善于伸出手臂去接受一切人类的骄傲,不怕异国的天才会掩盖它的光辉。

中国血统的大建筑设计师贝聿铭所设计的透明的金字

塔，就坐落在卢浮宫门前。这是一个充满诗意的奇迹。贝聿铭的胆子真大，他竟然敢在人类心目中最神圣的艺术殿堂里构筑另一殿堂。然而，他成功了。他的透明的金字塔是一种真正的后现代主义艺术建筑，最现代和最古典的美和谐并置，遥远的时间凝聚在此时此刻透明的空间中。古埃及的文化灵魂在二十世纪重现时，竟是水晶般的明亮。金字塔的尖顶可以把人们的视线引向无尽的天空，不会让人觉得它占据了卢浮宫门前那一片有限的珍贵的地面。而且，塔一透明，就不会影响游览者的视线，人们仍然可以看到原有的艺术宫的全貌。何况透过玻璃之墙观赏卢浮宫的旧建筑，朦朦胧胧，又增加了一层历史感与神秘感。金字塔下又别有一番天地，这样配置，使本来只是坐落于地平面上的卢浮宫，增加两个层面：地下的层面与天上的层面，变成一个立体的、引人浮想联翩的艺术大楼阁，使巴黎的灵魂散发出新的灵气与奇气。贝聿铭的名字，成了巴黎灵魂的一部分。由此，我在卢浮宫的喷泉下游思，不仅听到远古文明与当代文明的对话，而且想到贝聿铭和我共同的故园，想到东方智慧与西方智慧结合时，人间的确更美。

巴黎是天才之地，也是凡人之所。它有灵，也有肉。它固然神奇，但不是神话里的王国。巴黎的灵躲藏在卢浮宫和数不清的书籍里，当然也在法兰西人的精神里。而巴黎的肉则显露在金碧辉煌的红灯区，巨大的灯光"水轮"转动着另一世界的故事。巴黎的灵与肉都有磁力，都能吸引万里之外的游客。游客里有的是灵的崇拜者，有的是肉的寻觅者。梦巴黎者，有酷爱艺术以至爱到癫狂的痴人，也有向往"肉术"向往到变态的"肉人"。社会是不纯粹，有各种颜色的共生，有高雅与鄙俗的共存，才叫做社会。在塞纳-马恩省河畔，在埃菲尔铁塔下，男男女女，都在说笑，白人、黑人和黄种人都在享受今天和追求明天。到处都有生活，到处都有期待。巴黎尊重各种存在方式，并不想用一种存在方式去统一其他的存在方式，因此，各种人都在寻找慰藉，都在展示灵与肉的处所。社会本来就是这样，似乎无须太看破，用不着刻意讴歌，也用不着蓄意诅咒，溢美和溢恶都无济于事。

当一九一五年陈独秀在《新青年》创刊时发表《法兰西人与近世文明》时，当他发出法兰西式的启蒙呼唤时，是否想到法兰西也是一个社会？是否想到在豪华的大街里也有乞丐、娼妓和失业者呢？是否想到法兰西在推翻巴士底监狱的革命之后并没有同时建立人间的极乐园？鲜血曾经流了一百年。而当浪漫主义诗人们在大梦破灭之后，是否想到巴黎也是一个社会，这里虽有乞丐、娼妓和失业者，但还有看不完读不尽的艺术太阳城，还有为人类苦难一直感到焦虑和不安的法兰西精神呢？

可惜，好些梦巴黎者，竟遗忘维纳斯与蒙娜丽莎。他们不喜欢巴黎的灵，只喜欢巴黎的肉。但是，红灯区的大门是需要黄金的钥匙开启的。这一点，浪漫者们常常忘记。因此，他们是充满粉红色的梦幻，以为巴黎乃是肉的天堂，他们可以像骑士那样任意驰骋。可是，他们很快就绝望，因为那里的"天使"只服从金钱的权威，并不优待革命的诗人。在空中旋转的、流光溢彩的红灯巨轮，只管刺激欲望，并不管欲望的满足。于是，浪漫者感到绝望，由迷狂转入颓废。颓废与革命本是两兄弟：心路息息相通。于是，颓废者立即又变成革命者，诅咒巴黎，宣布梦的破碎，然而，所有梦的碎片，都只有肉的腥味。

四

一个有灵有欲的社会，一个有卢浮宫也有红灯区的社会，这种文明是真实的，但并不完美。在罗丹的"思想者"雕塑面前，我想到世界最后的归宿。世界最后是归宿于卢浮宫还是归宿于红灯区呢？在灵与肉的搏斗中，谁是最后的胜利者呢？我曾把自己的这一思索与忧虑告诉一位法国朋友，但他不能接受我的担忧。法国朋友的浪漫气息是很浓的，他指着新建的凯旋门说，那才是我们的归宿。法兰西在拿破仑时代建立了第一个凯旋门，纪念战争的胜利，而现在他们又建立起第二个更大的凯旋门。友人说，这是维纳斯和蒙娜丽莎的凯旋门。世界上到处是坦克和原子弹，但至今没有把她们摧毁，这难道不值得庆贺吗？法兰西人是乐观的，他们的蓝眼睛能看到各种凯旋，从不动摇对于人类的信念。我虽然悲观一些，但在新凯旋门下也为法兰西精神所感染，也愿意人类文明真如他们所期待的那样，最后将布满美的星辰和爱的星辰。这种凯旋的预言也将支持我不断前行，不激烈，也不颓废，只是不断前行。

（选自《刘再复精选集》）

又见日本 （二题）

丸山与伊藤

今年（一九九一年）秋天，东方的两个国家，我的故国和日本，又在纪念鲁迅。一个作家，老是被纪念，并不是好事。显学很容易变成俗学，伟人也很容易变成俗人，纪念多了，作家被各种人所塑造，包括被佞人、谗人、巧人、小人所塑造，就会变得面目全非。

今年人们又记起鲁迅的亡灵时，我就替鲁迅担心，我知道，鲁迅这几十年被当作救世药方，但被用得太狠，快要变成药渣了。鲁迅在生前就写过《药渣》一文，难道他也该演出化为药渣的悲剧吗？

我是十年前北京纪念鲁迅一百周年诞辰活动的筹备委员，五年前，我又是纪念鲁迅逝世五十周年纪念学术讨论会的主持人，加上看熟"文化大革命"的种种吃鲁迅世态，对于鲁迅纪念的因因果果，实在是太清楚了。

纪念的人群就是一个社会，有学者，有作家，有官僚，有民众，也有痞子和骗子。纪念的动机也有种种，有的想媚上，有的想媚俗，有的想借伟人之名宣传"主义"，有的想以权威之名抬高自己，有的想以鲁迅这一敲门砖去敲开宦门和宫廷之门，有的则完全是为了混个"鲁迅研究学会"的理事当当，自然，也有许多是出于爱和景仰，以及对知识和真理的追求。总之，目的有伟大的，也有渺小的，有干净的，也有肮脏的。真诚与做戏，思索与表演，混成"一团"。但在"一团"中，我明明白白地看到来自东邻的两位学者是干净的，单纯的，执着的。这两人，一个是东京大学的丸山升教授，一个是东京女子大学的伊藤虎丸教授。此次到了日本，才知道无论在东京还是在京都、大阪，这种单纯执着的学者和朋友还有不少，我所结识的尾上兼英教授，也是一个。当尾上兼英知道北京文化部几个官僚阻止我到日本时，他愤然辞去仙台纪念活动"学术委员会"委员长的职务。他把学术尊严和学术道义看得高于一切，不愧是《鲁迅私德》的作者。前些年读他的《鲁迅和尼采》时绝没有想到这位学者有这种德性的力量。

丸山升和伊藤虎丸是我和文学研究所的老朋友，我们所的刊物发表过伊藤教授《鲁迅和终末论》和丸山升教授的研究二十世纪三十年代中国文学的论文。在丸山升先生的主持下，《鲁迅全集》被译成日文，工程浩大，真使我们佩服。他们俩的年纪大约都比我大十岁，而且都是知名教授，但很奇怪，我很喜欢和他们交谈，而且也喜欢和他们开玩笑。尽管他们的中国话讲得不算流利，但我们的玩笑却玩得很开心，这大约是因为他们身上都有一种天真的书卷气和认真劲。我以往生活的环境太多革命气与政治气，所以就喜欢有书卷气和认真劲的朋友。使我感到有意思的是，丸山升是日本的老共产党员，但没有半点党气，我虽然也是共产党员，但也喜欢随便些，不喜欢党气，所以老被认为是自由化分子。这回到了东京，伊藤虎丸才告诉我，丸山升是日本共产党内公认的一个很直率、很纯洁的共产党员，他常常对共产党提出非常尖锐甚至非常尖刻的批评，但谁都相信他有一种很纯洁的愿望和期待，决不忍心整他。政治集团也有不忍之心，这是我以前没想到的。伊藤虎丸则是一个基督徒，爱心中不掺半点假。一个是共产党员，一个是基督徒，但他们却是很好的朋友，还合作编撰《中国文学词典》。伊藤虎丸说，这就是因为他们的内心有一种东西是相通的，他们都拒绝暴力，而且都崇仰中国的革命文学与革命文化，这种文学与文化是他们年轻时代的梦。

他们关怀中国文学的心一直是那么坚韧。记不得哪一位日本朋友笑着说，我们是热心，灰心，又不死心。真的，他们的心还是那么热。一九八九年秋天，伊藤虎丸挂念中国的朋友，特地自费到北京去看他们，而且，他还协助高筒光义先生准备资助中国办一所大学。高筒光义先生是一个很有才能又很有正义感的企业家，他因为获得一种重要发明的专利而拥有一笔巨款，并想用这笔巨款在中国办学和办刊物。此次，我见到高筒光义先生，他对中国文化的纯正的热爱真使我感动。他告诉我，你随时都可以到日本，不过，你别那么辛苦地准备学术论文，只是来玩玩，纯粹玩玩。他知道，离开故土的中国知识者的灵魂太沉重了，需要大自然的花香草香。不过，我也知道，他们在编织新的梦，不管在未来的时日里会不会破碎，但此时，我真是尊重和欣赏他们的梦。

也是因为不死心，所以伊藤虎丸和丸山升两位教授就特别卖力地参加仙台的纪念鲁迅诞辰的筹备活动，并到处寻找我的地址。今年春天，我突然接到伊藤教授的信。我感到欣慰，一个在异国他乡漂泊的游子，知道在大洋的另一方有严肃的学者如此赤诚的牵挂和寻找，是应当感到欣慰的。他的信还附上仙台东北大学校长发出的邀请函。从那以后，我们便等待着秋天的见面，这也是小小的梦。没想到，几个敌视我的官员得知邀请我的信息时，便阻挠我去日本。这一下真把这几位热心的教授气坏了。连这点小梦也不许做，岂有此理！尾上兼英教授辞职并宣布解散仙台纪念活动的"学术委员会"，作为学术委员的伊藤虎丸、丸山升、丸尾常喜、藤井省三等教授决定在东京大学另组织国际的学术讨论会，再次邀请我和李欧梵、林毓生、蔡源煌诸友参加。这一回，可把这几位教授累坏了。日本可没有我们中国方便，一开会有国家出钱、出力、出车、出人，他们全得靠自己，重新筹款，重新安排会议程序，组织论文，当接待员，事事"亲躬"。九月二十一日晚，烟雨蒙蒙，伊藤教授和他的女儿到机场去接我们，从机场到城里路上来回折腾了五个小时。见到伊藤教授时，我真是不安，觉得官员的干扰对我这种久经劳动锻炼的人其实什么也不会损失，不过倒真的苦了友邦这些热心的老教授了，心里实在过意不去。不过，也因此，我真切地感到日本学者对中国和中国文化的关怀，真是大大地超过我们对日本和日本文化的关怀，我感到惭愧。

回美国后，我就给伊藤教授打电话，他已累得病倒了。而丸山升教授在早一个星期就病了。我深深地感到不安，我知道，这回他们的病，大半是因为我的缘故。他们太累了，但他们毕竟用全部真诚证明了日本学者的良知与尊严，比起那些喊着鲁迅之名而与鲁迅精神相去万里的各种人物，他们真是高尚多了。我相信，唯有这种高尚，鲁迅的亡灵才有微笑。

访箱根

应日本东京大学文学部的邀请，我又一次访问日本。第一次访问日本是在一九八四年秋天。

两次访问都在秋天，而且都在九月、十月之交。然而，两次的访问感受很不一样。第一次我是作为中国青年代表团的团长，在统一安排下生活，尽管日本的朋友非常热情，但总是带着一种"国家"的集体感觉。集体的感觉，总是有点迟钝和笼统。

此次访问则完全是个人的学术访问，个体的感觉器官轻松、自由得多。因为轻松，总想到处玩玩，虽是参加学

术活动，还是想借机游山玩水，观赏一下邻邦的风光。到
东京之前，就知道因为几个小官僚闲极无聊而把手伸向日
本学界，引起日本学界的鲁迅纪念活动组织分裂成两半，
此事要是在以前，我大约会气愤、抗议，忙乎一阵子，但
此次我却满不在乎。我已不像以前那么愚蠢了，总拿一些
苍白乏味的官僚当作自己的对手，这与拿一些家畜当对手
其实差不多。所以，仍然只想玩玩。

日本的朋友伊藤虎丸教授和丸山升教授理解我，便请
两位年轻教授陪我和欧梵兄去参观著名的游览区箱根。两
位年轻教授虽是书生，但对游览却很内行，他们把我们带
到著名的火山口——大涌谷。这里真是个奇异的地方，到
处是火山爆发后留下的痕迹，而且，地火还在燃烧，浓烟
还在往地上冒，风一吹，烟雾弥漫了整个山谷，雾气里含
着很浓的硝烟味，使人想象到喷火时的恐怖。因为地火还
在地下奔突，所以地上的山泉水是滚烫的，善于经营的日
本人就利用这热泉把鸡蛋煮熟，并起名叫做"黑油子"卖
给游客。好奇的游人自然都要尝尝黑油子，我也不例外。
一边吃着黑油子，一边观看着被浓烟袭击着的山峰，真有
一种怪诞的感觉。大约是因为老是生活在千篇一律的环境
中，所以就喜欢怪诞，喜欢怪人、怪景，甚至怪物。见到
眼前这种怪味的景色，自然是高兴，绝不会想到脚下的火
山可能再次爆发，我将和山上草木同归于尽。

大约因为觉得老是生活在政治意识形态的笼罩下太累，
所以总是企图逃避文化而去欣赏造化，选择到箱根，自然

也是向往造化。没想到，躲藏在箱根的造化中，却有日本文化与来自西方的卓越文化。毕加索的美术馆就在这里。我在巴黎、芝加哥、纽约都见过毕加索的画展，但未见过毕加索的名字如此巨大地挺立在大自然之中，一见到这个名字，才知道东方对西方文化的尊重，也有一种大气魄。毕加索美术馆位于箱根国立公园的中心，它仅仅是"野外雕塑美术馆"的一角。整个雕塑美术馆范围非常宽，在绿得令人醉倒的草地上，有来自世界各地的现代雕塑群。其中最使我吃惊的是它竟有那么多穆尔的著名作品，其中有一些是大富豪洛克菲勒临终前捐赠的，他相信，日本民族是懂得珍惜应当珍惜的东西的。见到碧溶溶的草地上挺立着的雕塑，我才感到造化与文化是可以非常和谐地交织在一起的，也使我知道，不管对日本文化作何种评价，但它确实在努力使自己的文化世界化，努力扩大自己的文化视野。它绝对不会用一种神圣而愚蠢的理由去拒绝享受人间的艺术大智慧。

　　作为中国人，看到日本土地上有这些世界公认的艺术精品，我真的有点嫉妒了。日本是个岛国，而有一部分富人肯用巨大的财富去吸收艺术品，也真是聪明。不管他们在购画中有什么利益原则在支配，但人类世界的精品毕竟一幅一幅地流入这个东方的国家。当我知道他们的富豪用数十亿日元买了一幅梵高的画之后，我的思绪是很复杂的。我不知道什么时候，我的故国也会有一群具有文化心灵的富豪，他们也有足够的文化素养去珍爱世界上一些最值得珍爱的东西，也愿意建设一个野外的文化公园，也懂得欣赏毕加索与穆尔，也给这些大艺术家留下一点美的空间。

本想只是玩玩，又想到故乡故国，真是不可救药。赶紧打住，否则，该又要沉重起来。

（选自《漂流手记》）

纯粹的呆坐

好几个星期天，我和小女儿静静地坐在斯德哥尔摩市中心的音乐厅门口，就坐在台阶上。纯粹呆坐着，没有一句话，只是呆呆地看着眼前的人群，看着他们在台阶下的小广场买鲜花、买葡萄、买橘子、买蔬菜。

几位来自故国的朋友，我带他们逛街后也带他们到这里歇脚，也坐在这台阶上，也呆呆地看着走动的人群，看着他们买鲜花、买葡萄、买橘子、买蔬菜。

这些朋友和我一样喜欢这些干净的台阶，喜欢在这里纯粹呆坐着与呆想着。没有说话，只是张开眼睛看着陌生的、走动着的男人与女人，这里没有表演，没有故事，甚至没有什么声音。一切都是瑞典最平常的人与生活。时间从我们身边悄悄流过，行人从我们面前缓缓走过。没有东方世界的喧嚣，也没有北美大陆的匆忙。一个小时过去了，我们坐着，两个小时过去了，我们还坐着，直到买完菜的妻子来招呼回家，才醒悟到已经坐了很久。

要走了，才与朋友相视而笑，奇怪彼此沉默得那么久，但都明白，我们不约而同地欣赏一种和音乐厅里的艺术完全不同的似乎没有什么欣赏价值的东西。

因为爱想事，有时也突然想起，为什么喜欢在这里呆坐，呆坐着欣赏、享受些什么。想想，便悟出自己是在享受一种气氛，一种过去生活中缺少的气氛，这就是和平、从容、安宁的气氛。瑞典也有紧张，也有失业，也有烦恼。但他们生活里总是拥有一种牢靠的安全感。他们用不着担心明天会有战争发生，会有政治运动发生，用不着担心突然会被抛入一种神圣名义下的残酷的互相厮杀的生活，用不着担心今天说了一句错话，明天就会遭受灭顶之灾。这是值得羡慕的。在纯朴的瑞典人看来，这是最简单、最平常、最起码的人生空气，是用不着操心的。而我和我的同胞，却为此操了许多心。

前两年在芝加哥大学时，听阿城说，"在中国生活时，觉得有种味道不对，而且挥之不去"。这种味道也就是弥漫于生活的每一角落的人生空气，到处都有的、怎么也逃脱不了的社会氛围。这种氛围正与我们在音乐厅门口所感受到的空气完全不一样。我和朋友久久地坐在那里，其实就因为自己喜欢那里的空气，平静的、和谐的空气，没有硝烟味也没有硝烟余烬味的空气，更没有血腥或血腥遗留下的气味，瑞典已经好几个世纪没有战争了，也没有对自己的同胞与儿女的杀戮。

在离开瑞典的最后的一个星期，我还和女儿一起在那排台阶上作最后的一次呆坐。此次呆坐时，我心中竟萌生一种期待，期待我和女儿还有女儿的同一代人，有一天也能像北欧人群那样生活，能把握住今天与明天，能深信明天一定也是和平与安宁，用不着老是高呼口号和高举战旗，也用不着老是看到批判、斗争与杀戮。我期待我有一天也能坐在故国礼堂前的台阶上，静静地呆坐，看着流动的人群，欣赏着他们买鲜花、买葡萄、买橘子、买蔬菜。

（选自《远游岁月》）

八方浪迹　◆　纯粹的呆坐

采蘑菇

到了秋天，瑞典满山遍野都是蘑菇。草地上，山坡上，树荫下，到处都有。一见到这么多蘑菇，我和妻子一下子就着迷了。采蘑菇简直太好玩了，比打网球、野餐、钓鱼都好玩。我好些天顾不得读书写作，天天去采蘑菇，几乎成了采蘑菇专业户。

我们居住的屋前就是一座小山林，山林里到处藏着蘑菇。我们愈采愈有味，愈走愈远，山林的深处，静悄悄，我们一点也不怕。

蘑菇有许多种，有的有毒，有的没毒，我分不清。但妻子兴致浓得不许我怀疑。她说："怕什么，小时候我在家乡也采过蘑菇。你看，这种蘑菇是虫吃过的，虫吃了都不会死，我们吃了就会死吗？""那么，这些虫不吃的呢？""虫不吃的你可以闻一闻，有土香味的就可以采，有土臭味的而且外表很美丽的就有毒，就不要采。"她那么自信，好像采蘑专家，我也就放手采了，每一回是采上两三公斤重，满满的一塑料袋。

采来的蘑菇铺满阳台，吃了一个星期，也没出什么事，照样很健康，于是，胆子更大，采得更多。朋友来了，还请蘑菇宴。从日本远道而来的高桥信幸先生到我家时，我们也请他吃蘑菇，他连连叫好。告诉他这是自己采的鲜蘑菇，他更高兴，走的时候，一直说这一餐太有味道了。前年我到日本访问时认识了高桥先生，他是高筒光义先生的朋友，并协助高筒先生做基金会的工作，他们资助办了《学人》杂志，还想资助办一所私立大学。我到日本时，他们让我吃的东西实在太好，我幸而有新鲜蘑菇相报，心里实在高兴。

因为蘑菇采得入迷，常常不在家，有朋友来访，小女儿就说："爸妈都去采蘑菇了。"于是，采蘑菇的名声就传出去，一传出去，可把马悦然教授和陈宁祖大姐惊动了。见面时，悦然说："你们应当马上停止采蘑菇，万一吃到有毒的可不得了。"我刚想要说我妻子是个采蘑专家，拥有分辨鲜花毒草的能力，他却根本不容分辩地说，绝对不能再去采了。见到他那么认真，我只好接受他的劝告，勉强地点点头，宁祖大姐猜中我仍不死心，就说，前年杨炼到这里也采得入迷了，悦然就让他搬家，搬到远离山林的地方。这么一说，我才知道入迷的不仅是我和我的妻子。马悦然教授当时正在全神贯注地翻译《西游记》，这是他译了《水浒传》之后的第二大工程。每天都盯在计算机前，满脑子是孙悟空的故事，可是，放下孙悟空和妖魔，竟又想到我在采蘑菇。让老先生这么担心，我们也还是克制一下自己，暂时停止了两个星期的采蘑活动。

两个星期后憋不住，又和妻子往山林里钻。我们想，

八方浪迹 ◆ 采蘑菇

马教授又忙着孙悟空"打魔",不会知道我们又在"采蘑"。不过,为了让他放心,这回我们"只采不吃",其实,采蘑的乐趣全在寻找与采集的过程中。在这一过程中,我倒发现自己心中也有一个孙悟空,是好奇好动,是想跳出来"搅乱世界"。这回碰到一座花果山似的蘑菇山,能不好好玩它一阵吗?

(选自《远游岁月》)

"宁静" 的对话

　　到瑞典之后，给我最深的印象是它的宁静。宁静像白雪一样默默地覆盖着森林、草地和海洋，也覆盖着学校、街道和商场。宁静压倒一切，包括压倒闹市的喧嚣。

　　在斯德哥尔摩大学的校园里，更是宁静。我窗外就是学生的红砖宿舍群楼，三四个月来，它给我的印象就像遥远的古堡，既凝聚着历史，也凝聚着宁静。住在这里的年轻人，长期生活在宁静中，常感到宁静太重、太浓，重得有些寂寞，浓得有点冷清。于是，他们于冷清中生出一计：相约在星期二晚上的十点钟，大家都朝窗外呼喊，一抒胸中的寂寥。这一时刻到来时，就能听见四面八方潮涌般的声音，划破夜空，寻找心灵的回响。我的小女儿莲莲一听到这声音就冲开门窗，拽掉平素的羞涩，朝着朦胧中的楼群长叫几声，然后自己高兴得连蹦带跳。而我在一片混然的杂鸣中惊奇地感到，在夜色笼罩下的土地上，竟潜伏着这么多渴望呐喊、渴望倾吐、渴望交流的生命。人类的生存毕竟是相关的。太不相关，就会寂寞，就会有对寂寞的反抗。

　　我开始只是好奇。最近几个星期二的夜晚，在女儿开窗之后，竟然也不由自主地跟着女儿长喊几声，喊完之后和女儿相对大笑。女儿笑什么，我不知道。而我，则是笑自己曾被寂寞压迫得不知所措，惶惶不可终日，就像刚刚走出躯壳的鬼魂。笑完之后感到一阵轻松，并悟到自己已经战胜多年来的大寂寞，反而喜欢宁静，喜欢和寂寞开个舒心的玩笑。于是，我和渴望呐喊、渴望冲破宁静的生命展开了关于宁静的对话。

"太宁静了！我们需要声音！"

"我爱宁静！我被喧嚣折磨得太久了！"

"喧嚣里有骚动！喧嚣里没有寂寞！"

"喧嚣里有大寂寞！你们不了解大寂寞！"

"反正我们要享受声音！"

"反正我要享受宁静！"

每一次相互呼喊都是对话。我喜欢宁静中那些年轻生命的声音，也喜欢宁静本身。为了一张宁静的书桌，我曾经喊破了嗓门。宁静是我的奢侈品，一到瑞典，我就充满喜悦地意识到，我要好好地享受宁静。在宁静中，让思绪潺潺流动；在宁静中，讨回往昔被大喧嚣消耗的生命，而且领悟难以化入喧嚣的大寂寞和离开喧嚣后的大孤独。喧嚣后需要宁静，孤独后也需要宁静。被喧嚣撕毁的生命碎片需要在宁静中重新聚合。假如有一天，我也像瑞典的年轻朋友觉得宁静过于沉重，那也不要紧，我也可以再朝着夜空呐喊，反正没有人干预，反正都是人的声音而不是狼的嗥叫。

（选自《远游岁月》）

怪杰之乡

离开瑞典的前夕，我和妻子、小女儿到挪威作北欧最后一站的旅行。乘火车从斯德哥尔摩到奥斯陆只用了六个小时。挪威人口仅四百万，但人才却不断出现，仅仅二十世纪，就出现了几个世界性的怪杰，例如戏剧家易卜生，画家蒙克，音乐家格里格，都很杰出，也都很怪。我此次到挪威的心理动力，就是想去寻找这些怪杰的故乡和他们的踪迹。

因此，到了奥斯陆之后，就请来自故国的留学生陈锁芬和她的 Rune 先生帮助，驰车六个小时，直奔易卜生的故乡。在车上，我一边观赏挪威的海湾、山峦和在微风中泛着碧波的草地，一边想着易卜生：这个宣称"独战多数"和"世界上最孤独者乃是最有力量者"的怪杰，原来就在我脚下这块土地上诞生，他那古怪的叫喊就从这里发出，然后传到遥远的我的故国，然后又进入《新青年》而煽动了整整一代中国知识分子。他的《玩偶之家》也从这里的舞台进入中国的舞台，并引起中国发生一场戏剧革命和家庭革命。一个北欧人的脑袋，从这个地球的北角放了一枪，竟影响了我的亿万同胞的命运，不能不说真是神奇。世界如此小，思想的力量如此大，人类又如此相关，大约连易卜生自己都没有想到。

易卜生的故乡有两处展室，一处坐落在一个公园里，这是他的写作室；另一处则在易卜生童年的故居。两处都很简单，与中国的鲁迅博物馆相比，实在是太小了。两处都只有几间小屋，其简陋完全出乎我的意料。全世界出版各种文字的易卜生著作难计其数，可是，在展室里只见到《培尔·金特》等几种英文本，非常可怜。到这里，才知道挪威对名人的崇拜绝不像中国具有那么大的规模。中国对于名人，无论是摧残、扼杀还是崇奉、膜拜，气魄都很惊人。

展品虽小，倒也可以见到易卜生的个性。童年时代的易卜生虽出身地主之家，温文尔雅，但内在思绪已有怪气，不同凡响。他给他的两个弟弟画的肖像，竟然一个是狼，一个是狐狸。这两幅少作，现在还挂在墙壁上，实在珍贵得很，他记录了这位伟大作家从小就善于写人的第二现实，即人的精神意识，而且一写就带上幽默与怪异，思路绝不寻常。

怪就是不流于一般，不做多数的俘虏。其实，多数的力量是最可怕又是最能扼杀天才的力量。天才要生长，就得独战多数，保卫内在的奇气，易卜生在多数人的眼里，不免古怪。可是社会倘若不允许怪人的存在，社会就只能产生庸才，而不能产生杰出人才，更不必说天才。

易卜生到老都拒绝抹掉自己的怪脾气，只任自己的个性不断发展。作家与科学家不同，他们无须太多全面的理性，倒是绝对需要笔下的奇气和奇性情。能把个性推向极致的作家才能战胜多数。因为大作家都明白这一点，所以总是拒绝背叛自己的个性，这就难免发生文士之间的互贬相轻。易卜生和瑞典的大作家斯特林堡就是著名的互不兼容的一对。在易卜生的写作室里，挂着克里斯田·克劳格画的、他的"头号敌人"斯特林堡的像。这一古怪的摆设，有两层意义，一是激励自己的写作，记住敌人的存在确实是防止偷懒的最有效的办法。穿着挂满勋章的袍子的易卜生如果没有强大对手，恐怕也难免偷懒。二是易卜生自己说明过的：我是摆脱不掉"这个疯子"的眼睛。好吧，让这双眼睛天天看着"我写得比他好"。北欧这两位天才的争论是很有名的，他们的许多见解正好相反，然而，这不影响他们都成为人类文化星座中的一颗奇特的星斗。

参观故居之后，几乎买不到什么纪念品。倒是小女儿莲莲买了一本英文本的《培尔·金特》。她看到故居展室里有中国青年艺术剧院演出《培尔·金特》的剧照，对这本书就更有兴趣。然而，她并不知道，她能到西方求学，也与这个怪人相关。易卜生的名字在五四时期像春雷一样响亮，他打的雷和闪的电，一直射到长江黄河边上，把许多还在睡梦中的类似林黛玉、薛宝钗这样的知识才女都惊醒了，并从此纷纷走出家庭的围墙而走入社会最后还走向世界各方。那个时代，没有一个中国大作家不谈易卜生，谁都觉得他确实帮助中国人走出了黑暗的铁屋子。

那一天的旅行，我们都很累，一早就从奥斯陆出发，直到晚上七八点钟才回到城里，锁芬与 Rune 轮流驾车，一路飞驰不断，也找不到餐馆，全靠早晨从一家越南店里买的二十根油条支撑着。虽然疲倦，但心里却很充实，我相信，这个世纪谈论易卜生的中国知识者很多，但真正走到他的童年的故居去抚摸他那些平常的桌椅、小床及他读过的书籍的，恐怕只有我和很少的一些中国的留学生，为此，我真引以为荣幸。

(选自《远游岁月》)

寻找旧梦的碎片

今年六月中旬，瑞典的"国家、社会、个人"学术会议之后，我和与会的部分朋友一起乘船到圣彼得堡旅游。这些朋友包括李泽厚、李欧梵、李陀、葛浩文、北岛、高行健、万之、陈方正、金观涛、刘青峰、刘禾、汪晖、高建平、李明等，除了葛浩文及其两个女儿之外，都是中国人。

中国人特别是中国诗人与学人，对俄国都有一种特殊的情感。欧梵一踏上游轮就感慨：我研究俄国思想史，爱俄国甚于爱中国。与欧梵相比，我们这些生活在中国内地的学人，对俄国更是有一种特殊的精神联系与命运联系：俄国，曾经是我们的梦，曾经是我们的追求与期待；而屹立在波罗的海岸边的彼得堡，死了的列宁格勒，更是我们的梦中之梦。

在轮船的甲板上，望着滚滚流逝的波浪，一种寻找旧梦的感觉便骤然升起。我知道列宁的名字已被海那一边的城市与国家抛弃了，往昔的君王彼得大帝的名字又重新飘扬在那里的高楼与大街。在还没有寻找到旧梦的时候，梦已破碎了一半。历史的沧桑如此迅猛与残酷，几乎使我难以置信。我的人生一直连着马克思的宣言和列宁的革命帝国，当列宁的塑像被绞刑架似的起重机高高吊起的时候，我的心复杂地颤抖着，而当列宁的名字被彼得大帝取代的时候，我的灵魂又再一次震动。然而，我必须面对事实，面对我的旧梦被撕碎的事实。尽管被撕碎了，但我还是要去看看，至少我可以寻找到一些梦的碎片。

踏上彼得堡海岸的那一瞬间，我一眼就看到海埠的楼顶上写着"列宁格勒"，非常粗陋的字牌，没有任何装饰。城市变动了，但作为历史陈迹的名字还保留着。大部分俄国人是厚道的，当他们告别列宁时代的时候，并没有把列宁的名字放到脚下践踏或高喊"踏上一万只脚"，社会大变迁时并没有太多疯狂。只是"列宁格勒"字牌下一片萧条，海关像残破的旧庙，海关人员像疲倦到极点而懒得翻经书的老和尚，有气没力地打开我们的护照。

过了海关，就是兑换货币的小窗台，那里标着当天的外汇兑换价格。一美元可以换一千一百三十四卢布。我记得当年戈尔巴乔夫每月工资是四千卢布，还记得我的俄语老师告诉过我：你大学毕业后领到月薪五十六元人民币相当于三十卢布。兑换外币后，我们这些东方漂泊者顿时意识到自己乃是"百万富翁"。

一美元（即一千一百多卢布）在俄国可以购买不少东西。我和李泽厚参观冬宫之后去逛百货商店，商店里没什么食品，却有各种非常便宜的商品。我们各自用一千卢布买了一个袋子繁多的大背包，还用三千多卢布买了一个足有二尺高的且非常精致的俄罗斯布娃娃。布娃娃的大眼睛转动时非常迷人。这么便宜的（相当于二点五美元）布娃娃摆满了柜台，可是没看到当地人去碰碰她，买这种布娃娃，大约太奢侈了。我真是爱不释手，而且想到当年报刊上的一句话："苏联老大哥的今天就是我们的明天。"明天，明天中国的布娃娃能这么美这么便宜吗？

逛了商店后，我们又去逛涅瓦大街。我记得列宁说过，革命不是涅瓦大街。因此，一站在涅瓦大街就有一种熟悉感。正在想着列宁的名言时，一位俄国人走到我们身边。一眼就可看出他是一位知识分子，果然，他用英语与我们交谈，他说他是一位英语教师。没想到，他竟然请求："Can you give me one dollar ?"（"你能给我一美元吗？"）说得明明白白。我们自然不会拒绝，然而我几乎抑制不住内心的震动。一个我往日梦中的先行者，一个我憧憬半生的列宁之城的"灵魂工程师"，竟开口要一美元，这是真的吗？这是真的，他明明站在我们面前。我们问他："你对俄国的未来有什么想法？"他摇摇头说："我们太疲倦了，已经没有力量考虑未来了！""那么，你赞成这两年的变化吗？""当然，倘若不变，我们还得永远苦下去！"俄国的知识分子大约真的感到没有力量思考未来了。从十九世纪十二月党人开始，俄国的知识分子就为自己的国家的新生而奋斗，而坐牢，而被流放，而被杀头。革命，失败，革命，成功，但是，到头来，还是一片萧疏，一片贫穷的大旷野，一片令人迷惘的破烂不堪。为了一美元而操心的知识者还有什么力量去操心一个庞大国家的未来？

　　然而，一美元对于今天俄国的普通公民是要紧的，他们每个月的工资大约才相当于六美元。一美元他们可以看十五次芭蕾舞表演，可以参观二十五次冬宫。无论怎么动荡与贫穷，举世瞩目的俄罗斯芭蕾舞和其他艺术还活着，还照样像太阳天天从山边升起，还照样在灯光下做着牵动人心的精彩表演。我们到达彼得堡的第一天晚上就去观赏芭蕾舞，正巧赶上年轻芭蕾舞演员的会演，那精湛的艺术，让我们倾倒。俄国文化的根底毕竟雄厚，拥有这种文化的国度必定拥有明天——这位英语教师暂时还看不到或者不愿意去想的明天。

　　不管彼得堡给我们笼罩的气氛如何使人迷惘，但我们游玩的兴致却很高。坐着旅游车，听着俄国小姐介绍每一座古老而著名的楼房，看到旧俄时代留下来的建筑依然厚实地屹立着，像恐龙的骨架。彼得大帝为俄罗斯创造的恐龙时代，至今还到处留下值得骄傲的痕迹。导游小姐介绍着，我们静静地倾听着，欣赏着。唯独见到一座华丽的大厦时，导游小姐指着它说："这是彼得堡最好的大饭店，里面非常漂亮而且非常舒适！"整车人才哈哈大笑。因为正是昨天晚上，我们就在这个饭店领教过晚餐，除了吃到两片硬得几乎啃不动的面包之外，绝对感受不到舒适。从餐馆回到船上，大家仍然觉得很饿。幸而我的妻子菲亚早就听说俄国缺少食物，她从瑞典带来了两条大香肠，此时可算是雪中送炭。大家用小刀一片一片切着，还小饮葡萄酒。

北岛吃得特别香，并喃喃地说："幸而吃了这两片香肠，否则晚上就睡不好了。"这是我们在彼得堡度过的一次真正的半古典半现代的生活。

　　我们这次旅行的高潮不是在冬宫博物院，而是在阿芙乐尔号炮舰前。看到阿芙乐尔号，我们几乎都"哦"了一声。"十月革命的一声炮响，给我们送来了马克思主义！"原来就是它。炮舰大约刷新过许多回，比我们在电影《列宁在十月》里见到的要漂亮得多。对着炮舰，大家都很激动：是高兴？是悲哀？是骄傲？是懊丧？是历史壮剧的开始？是历史悲剧的起点？我一下子全模糊了。此时，我才发现自己丢失了阿芙乐尔号的意义。意义消失了，但它毕竟是历史。它不仅改变了俄国的命运，也改变了中国二十世纪的命运。中国在这个世纪的壮烈与荒谬，战争与贫穷，革命与革革命，甚至连我的老师们戴着高帽挂着牌子游街示众，然后走进猪栏与牛棚，都与阿芙乐尔号相关。现在，俄国人对阿芙乐尔号已失去敬意，中国人的敬意也在消失，然而，我们还是乐意以它为背景合个影，因为对于我们，这才是完整的故事。

（选自《远游岁月》）

八方浪迹　◆　寻找旧梦的碎片

徘徊冬宫

一

也许我是一个在十月革命彩虹下做梦的人，所以一见冬宫，就心潮起伏，就想到阿芙乐尔号的水兵炮击它的历史壮剧。那时，克伦斯基临时政府的蠢材们正在宫里空谈形势，而列宁领导的工人和士兵已经冲进雪白色殿堂的大门了。这一伟大的瞬间，是二十世纪第一个真正的大地震，它摇撼了世界，也摇撼了中国，最后还摇撼了我和许许多多人的命运。可是，才过去几十年，历史翻开了另一页。又是一个瞬间，又是一场大地震，苏维埃红色政权消失了，列宁格勒的名字被抹掉了，城市的图腾与荣誉交回给这个城市的缔造者彼得大帝。

我和高行健、北岛、李陀、刘禾、汪晖等几位朋友在冬宫广场上拍照之后便独自徘徊了好久。出国之后，到了许多国家，但没有一处使我这样充满感触。历史沧桑如此偶然与迅速，真使我暗暗吃惊。

一个列宁建立的历时已七八十年的革命大国就这样瓦

解了，连战争也没有。不错，连当年阿芙乐尔号的炮声和工人的呐喊都没有。没有人起来保卫革命国家，没有人为它抛头颅洒热血，没有人为它的消亡哭泣与忧伤。俄国的工人和士兵身上的血是什么时候开始冷却的？他们怎么会连冬宫和整个俄罗斯大地改变颜色都无动于衷？他们的生命激情到哪里去了？革命的神圣理想和神圣名义到哪里去了？

在平静的、行人稀疏的冬宫广场上，我心底一阵一阵地卷起波涛。我不怪这些工人与士兵，踏上俄国土地之后，我才具体地知道，他们不惜牺牲为之奋斗的政权，连最起码的面包都缺少，更不用说自由。直到八九十年代之交，煎熬他们的仍然是一九一八年前后的面包问题。在庞大的革命国家表象背后，俄罗斯已成了广阔的荒墟。面对着现实，从总统到平民，从元帅到士兵，都觉得日子过不下去了，都觉得需要更换一种生活方式，需要改变一种没有希望的体制。无须战争，从上到下都接受这种改变。历史就这样无情地撕掉旧的、曾经激动过全世界心灵的一页。

冬宫沉默着，它只是无言的见证人。

二

在冬宫广场的右角上是地摊。小生意人正在地铺上叫卖着苏联的遗物，包括国徽、各级英雄勋章、劳动模范勋章和各种等级的旧卢布，还有列宁像章和铸着列宁像的勋章。我用一美元买了两枚银色"列宁",捏着它,竟说不清是温热还是冰冷,感觉不在手里,而在心里。想到人生久久地伴随着列宁的名字,想到自己崇拜过的导师和精神大帝竟贬值到这个地步,心里真难受。我的崇拜是真实的。在最美好的青年时代,我就拼命地读马列的书,就在革命的经典里打滚和取暖。在"五七"干校里,列宁的《国家与革命》、《唯物主义和经验批判主义》是规定必读的六种马克思主义原著中的两种,我更是不知读了多少遍。这两本书的书页沾着许多泥土和我手上的汗水,还有黄河与淮河咸涩的风。而长达数十卷的《列宁全集》,我也常常翻阅,在集子中我投入青春的热情、梦的向往和将来的期待。在我的心目中,列宁是不同于斯大林的。列宁把政权作为手段而把理想作为目的;斯大林正相反,他把理想作为手段而把政权作为目的。中国的激进革命论者并不真正尊重列宁,他们也像斯大林那样把政权作为目的而把理想作为手段甚至把列宁也作为手段,因此,列宁就像任意被捏造的泥团,也变得面目全非。他们的一切胡作非为,包括像践踏猪狗一样地践踏学者的尊严和生命的权利,都把列宁拉来壮胆。他们以列宁的名义把国家元首刘少奇打成叛徒、工贼、内奸,然后把他变成满身尿臭和屎臭的白毛女;他们还以列宁的名义对辛勤和卑微得像蚂蚁的小学教师、中学教师实行钢铁一样的专政;在许多地方,一些革命派把割下的人头挂在胸前,也以列宁的铁的专政的名义。在中国,我看到两个列宁,一个是伟大的列宁,建立第一个无产阶级革命国家的列宁；一个是可怜的列宁，被用来作为践踏良知、践踏妇女的面具和小丑般的傀儡，难怪人们会抛弃他。

我的故国尚且如此，更不用说列宁的祖国。列宁的祖国一面高举列宁的旗帜，一面则利用列宁的名字无情地屠杀、监禁异端，流放最有才华、最有良知的作家，连把整个国家拖入贫困也以列宁的名义。一部苏联制作的《列宁在十月》的影片在中国占据了整个十年的岁月，我至少看过二十遍，影片中的列宁，对着高尔基人道的请求竟回答说："我的身上至今还留着知识分子的子弹。"影片的制作者以列宁的名义煽动对知识分子的仇恨，把知识分子视为敌对政治集团的帮凶。但是，苏联这样做，最后导致知识分子和他们所关怀的人民抛弃列宁和列宁缔造的政权，造成革命大建筑最后的雪崩。而列宁的名字也从天堂上掉落到最不值钱的地摊上，原来神圣的列宁像章变成一个时代的废品被沿街叫卖，而且警察还在跟踪和盯梢着这些可怜的叫卖者，他们在列宁缔造的政权下难以聊生，为了一条面包常常要排三四个小时的长队，冬天缺少煤和柴火，他们只能抛弃列宁的名字和列宁的旗帜，否则就难以存活下去。

我捏着列宁的像章，捏着一段可歌可泣又可怜可叹的历史，也捏着我们已经历过的一段长长的道路。端详着列宁像，我并不怪他，他呼吁俄国人民从战争和饥饿的粪窖中走出来并没有错，然而，那些利用他的名字的人却毁了

51

他的名字与事业，正是那些把列宁的名字叫得最响的人把列宁引向失败，引向被贱卖的地摊。

三

时间容不得我在广场上多想。朋友们召唤我赶快到冬宫里参观。十月革命后冬宫已变成艺术博物馆。参观了冬宫博物馆，我则为另一种景象所震撼，美的感觉一下子压倒我对历史的忧思。馆里收藏着这么丰富的艺术品，这是我想象不到的，除了产生于俄罗斯本土的最珍贵的名画和雕塑之外，还有从西方搜集来的珍贵巨画。甚至有文艺复兴时期最伟大的画家拉斐尔的作品。在看到拉斐尔作品的瞬间，我产生一种嫉妒：要是我们故国艺术馆里有这样一幅画，那个艺术馆就会像升起了太阳，不仅满院生辉，而且会光照大地。也在这个瞬间，我对彼得大帝产生一种敬意。毕竟是他首先打开了俄罗斯大门。这个严酷而气魄雄大的君主崇尚西方文化。如果不是他敞开门窗引入西欧清新的异质文化，就没有十八世纪特别是十九世纪俄罗斯的辉煌文化，就没有普希金、果戈理、屠格涅夫，更没有陀思妥耶夫斯基和托尔斯泰，当然也没有列宾这些艺术大师。历史真是充满偶然，出现彼得大帝也是偶然。一六九七至一六九八年，这位改变俄罗斯面貌的沙皇，到西欧作第一次游历，旅程经柏林至荷兰，然后又到英国。他从小就喜欢水，童年时代曾经在他父亲的乡村别墅里乘坐一艘土制的小船在养鸭池里行驶，差点淹死。但是，他对水的热爱至死不变。于是，他成为帝王后便心向大海，向大西洋沿岸的欧洲国家学习，之后又在波罗的海岸边建造起新的沙皇帝都（Imperial Residence），也就是以他的名字命名的彼得堡。俄国因为他的出现，便在全世界面前突然崛起。这一崛起，不仅出现了一个强大的国家，而且也形成了一个拥有大艺术的冬宫。如果彼得大帝不是酷爱水、酷爱大海、酷爱巨大轮船的彼得大帝，近代俄国就会是另一种样子，拉斐尔也绝对不会踏进俄罗斯的宫殿和心灵。

彼得大帝通过他的改革使自己的国家强大，建立了一支拥有二十万陆军和由四十八艘战舰组成的强大海军，在一七〇九年击败了瑞典军队而称霸北欧。可是，仅仅经过约二百一十年，他建立的帝国就破烂不堪，最后被列宁的士兵一举推翻。彼得大帝再伟大，他的军队和权力，最终还是过眼烟云。任何政权，放在历史的长河中观看，只不过是忽上忽下沉浮不定的走马灯而已。彼得堡的名字被改成列宁格勒，列宁格勒又改成彼得堡。谁又敢保证彼得堡是永恒的名字呢？然而，彼得堡也许会更换名字，而彼得大帝为之开路而进入俄罗斯的拉斐尔和俄国土地上生长起来的大艺术却是永恒的。历史会遗忘甚至会抨击彼得的庞大舰队，但一定会怀念和讴歌他为近代俄国的精神灿烂开了先河。

（选自《西寻故乡》）

嫁错了对象的国家

四月底，正是春夏交接之际，我和斯德哥尔摩大学东方语言文学系主任罗多弼教授，飞越波罗的海，到里加的拉脱维亚大学访问。

此次我的访问兴趣特别浓，因为我渴望了解拉脱维亚。这个生活在苏联大家庭中数十年而刚刚独立的国家，走过了一段社会主义路程之后正在寻找新的路。我也是来自社会主义国家，身上长满看不见的社会主义细胞，大约正是这种细胞，使我很想去看看这片前社会主义的土地。四年前，一位刚从苏联访问回来的朋友告诉我：你应当到苏联看看，你到过北美、西欧、日本，还应当看一看俄国和她的加盟国，这样对世界的认识就比较完整。

到了拉脱维亚首府里加之后，迎接我们的是拉脱维亚大学东方系的依博里斯教授，他把我们送上公共汽车。一进公共汽车，我就有一种"似曾相识"的感觉。车身破旧，好些座位只剩下锈迹斑斑的骨架，整个车子仿佛就要散开，很像十几年前我在中国小城镇中见到的那种身经百战的交通怪物。车子一路颠簸着，时时发出怪响。我站在车上，紧紧抓住横杆，但仍然贪婪地看着每一座房屋，每一条街道。当车子驶过一条大街时，依博里斯教授介绍说：这是一条历史性的大街。这条大街在十八世纪拉脱维亚并入俄国时，便以沙皇的名字命名，称作亚历山大路。沙皇垮台之后，一九一九年拉脱维亚独立了，这条路便改为自由路。一九四〇年拉脱维亚又并入苏联。不久后却被德军占领，而这条路又改为希特勒路。德军败退后则改为列宁路。一九九一年她再次独立后，这条街又改为自由路。我很能理解大街名字的不断变迁，我国在"文化大革命"时期也一直忙着改名，北京和全国其他大小城市到处都有"东方红"大街、反帝路、反修路等辉煌名称。政治强者们是希望自己不朽。

依博里斯教授说，这次大街又命名为自由路了，拉脱维亚人希望能在自由路上一步一步走下去，但是他们仍然担心，将来有一天又会有新的强悍者的名字来取代自由的名字。自由路是拉脱维亚人自己选择的，而亚历山大路、希特勒路、列宁路是他人强加给他们的。拉脱维亚是一个只有二百六十万人口的小国家，他们渴望自由，但是一代又一代的强悍者总是要铲除他们的自由之路。此次选择后，他们仍然心有余悸。

然而，我在拉脱维亚访问三天之后深信：拉脱维亚的列宁路确实走不下去了，自由路是他们唯一的选择。如果不是亲自来看一看，怎么也想不到，一个社会主义国家竟如此贫穷，如此破旧。我虽然仅仅逗留三天，但我可以列举出一百个例子来证明我的感受。然而，我不想把我的散记变成流水账般的游记，只想说，我看到的每一样东西，从银行里、商店里到处都摆着的粗陋的算盘到知识分子扛着上六层楼的自行车，从电视机的开关到厕所的水龙头，从饭店的面包片到学校课堂的桌椅，都让我伤感。生活的质量是那么低，那么粗糙。不是一角一部分的低劣和粗糙，而是整个的低劣和粗糙。粗糙得像我这样一个在贫穷的中国浸泡大的知识分子都受不了。不说别的，就说我们居住的大学招待所吧，那个又大又笨重的电视机，按了开关之后至少等了两分钟之后才显像，我就按捺不住性子。而且，那个转动调台的按钮更是古怪，我使尽气力竟没法打开，亏得罗教授年轻，力气比我足，才硬是把它转开。据服务员说，这是个彩色电视机，可是我怎么看也看不出彩色。我怀疑自己的眼睛已经老花，便问罗多弼，他说他也看不出彩色。那两天俄罗斯正在民意投票，我在电视上看到叶利钦的脸竟是黑漆漆的，而且变形，几乎认不得了。

住宿之所品质差，吃的更差。我们到达的那一天，依博里斯教授带我们到大学属下的一家饭店用晚餐。这顿晚餐是自从我离开河南干校之后吃得最粗糙的晚餐。一碗什么味道也没有的红萝卜菜汤，两颗土豆，一块名为猪排但绝对没有任何肉味的东西。晚餐后不到两个小时，我便觉得又渴又饿了。于是，我便建议出去找点饮料喝。可是走了好几条街也找不到饮食店或咖啡店，好不容易才在市中心真找到一家大旅馆，这是唯一有夜宵的旅馆。服务员告诉我们，在第四层有个小酒吧。我们一起进去，马上觉得味道不对，灯光昏暗，天花板上的两盏灯，只有一盏亮着，另一盏只剩下一个灯架。柜台边左侧坐着两个打扮得相当妖艳但绝对不得体的女人，还有两个年轻的男人，右侧则有一扇神秘的小门，常有女人出入。罗教授说，这些女人说不定是妓女。我们看了看，顿时心慌起来，匆匆喝了一杯水拔腿就走。夜晚的里加，整个城市静悄悄。这天晚上，我躺在床上，想到昨天看到的瑞典，也想到今天看到的拉脱维亚，觉得历史真不公平，给这只有一海之隔的两个国家这么不同的生活。这里的一切都那么萧条，那么不景气。

最使我受不了的是连大自然的质量也变得粗糙。里加是个海港城市，依博里斯教授建议我们到海边玩玩。而且让他的学生茵娜小姐陪我们。茵娜小姐是我在拉脱维亚见到的最漂亮的年轻女子。拉国虽是穷国，但人们注意穿戴打扮，不失人的尊严，茵娜的穿戴更是一派清脱之气。她会讲英语、汉语，前年还到北京师范大学深造一年。

到了海滩上，踏着一片平沙真是舒服。可是，这里的海留给我的印象却是很深的失望。这是我在西方第一次见到如此混浊的海水，海面上覆盖着乌黑的一层油。油迹在阳光下闪着铁色的光，像布满皱纹的皮肤。稀少的游客在沙滩上一边观看一边躲闪着，生怕鞋子被带油的海水污染。我是一个对海非常敏感的人，没有海，我简直无法生活。去年舒婷到美国时，在电话里告诉我，听说王永庆要到厦门市附近建化工基地，她简直受不了。海是她的生命

57

之源和诗歌之源，如果海被污染了，她就想自焚。对于海，我和舒婷的感觉是一样的。见到被污染的海，我竟闪过煮海的念头——想放一把火烧掉海面上那一片可恨的乌黑。

站在海滩往西边望去，在海的那一边就是瑞典和丹麦。在哥本哈根的海岸上，我曾久久地凝视着美人鱼雕像，至今，我还记得海水的清澈与碧蓝。在斯德哥尔摩的皇后岛上，我也曾经久久地凝视着游弋于海面的白天鹅，每一只天鹅都被海水洗得洁洁白白。想到这些，我突然想到拉脱维亚本来也是一位很美的姑娘，就像海边的美人鱼。可惜，她嫁错人了。她嫁给了一个名字叫做"苏联"的泥足巨人，和他联了姻，成为他的一个加盟共和国。如果不是嫁错，也像美人鱼那样独立地站在波罗的海海边，她一定比今天美得多。不过，我很能理解错嫁的心理，五十年代初，中国选择"一边倒"，也是错嫁给苏联。"一边倒"向这位老大哥的怀抱之后，真吃了不少苦头。一九六〇年左右，我们全都得水肿病，瘦得皮包骨头。幸而，这段"婚姻"早就破裂，我们没有和老大哥"白头偕老"，因此也没有贫穷到老。

在海滩上唯一使我感到安慰的是茵娜小姐告诉我们，拉脱维亚政府已开始清理海滩。这是多么好的消息，历史已开始清理强权者留下的垃圾。拉脱维亚明天的海滩一定是明丽的。正如现任拉脱维亚大学的校长对我们说的：现在拉脱维亚的政府总理、教育部长、银行行长，还有他自己，都是学物理学出身的，拉脱维亚已从政治强权时代走进物理时代。在物理的时代里，人们可以活得轻松一些，符合常理一些，大海也一定会干净一些，明亮一些，符合天理一些。我相信走在自由路上的拉脱维亚，明天一定会拥有蔚蓝色的大海，拥有赤橙黄绿的海滩与洁白的天鹅。

（选自《远游岁月》）

八方浪迹 ◆ 嫁错了对象的国家

丢失的铜孩子

离开奥斯陆已经三个多月，但脑海中还是不断地浮现着维格朗的雕塑公园。没想到，挪威之行，这个公园留给我如此难以磨灭的印象。

也许因为在我的第一人生中，对现实的生命感受得太多，看到太多的生命被奴役和被摧残，又听到太多生命的申诉与呼喊，自己又因为一场生命的悲惨剧而远走天涯海角，因此见到一个全是生命雕像和生命赞歌的公园，便分外感动。

公园里的一百二十一座雕塑全是出自维格朗之手。他真是大手笔，竟能通过雕塑的语言把生命的孕育、诞生、壮大、成熟的过程，表现得如此动人，竟能在冰冷的青铜和花岗岩上谱写出这种洋溢着生命激流的交响乐。

人的全部生命都是从一个最简单的事实派生的，这就是男女的交媾。于是，这个公园就以此为中心点形成它的结构。在公园的中心最高处矗立着一座高达六十英尺的"生命之柱"，这是男性的象征。生命之柱下是由三十六组群雕组成的生命之轮，这是女性的象征。生命之柱的石雕，我在别的国家也看过，但因表现得太一般而无法留在记忆里，而这里的生命之柱则别具风格，它是由无数生命意象紧贴成的大集合体，柱子上布满着渴望生活与思索生活的人体浮雕。每个人体都像生命之柱上强劲的筋络。而生命之轮则是托着生命之柱的圆台，这是生产着生命和转动着历史的轮子，其建筑形状类似于北京天坛的祭台。人类生命的杠杆正是这一柱一轮神秘的转动，围绕着这一杠杆的雕塑群展示的正是生的奇观与神秘，这些陷入生之欲望中的男男女女，有的拥抱，有的欢悦，有的忧伤，有的疯狂，有的直抒胸臆，有的委婉低诉。而从生命之柱通向公园门口的路上，又有两排长达百米的雕塑线，这是生命的延伸，延伸到公园之外的无边的岁月。

我在如此精彩的雕塑群中几乎不知所措。时间有限，不知道该选择哪一杰作细细品赏。不过，当我走到一个男孩的雕塑前，便自然地停了下来。这个小孩仿佛正在生气，仿佛正在与世界展开最初的对话，但是，他又表达不清，于是，他着急，双肩拱起，还跺着小脚。看到这画面，我好像重新见到自己童年时代的倔强、顽皮以及母亲赋予的全部天性，还有那种尚未进入虚假世界之前所拥有的野气和真纯之气。正看得入神，当向导的留学生姚小玲告诉我们：这座铜孩子雕像曾经被偷过，后来又找回来了。这个消息更增加了我的兴趣，盗者是为美而偷还是为钱而偷呢？人间的卑鄙的窃贼也知道孩子的天真天籁价值无量吗？而真正牵动我情思的是酷爱孩子的挪威人。当他们知道这个铜孩子丢失之后，举城震动，仿佛丢失了魂魄，整个奥斯

61

陆陷入困惑与焦急的追寻之中。他们不能接受丢失铜孩子的事实。只有找回铜孩子，他们才能安稳入睡，才能重新得到灵魂的安宁。听了这个故事后我在想：假如他们突然丢失一大群活生生的孩子的生命，将会怎样？我相信，他们一定会发疯，一定会举国陷入"救救孩子"的狂喊与啼哭之中。在铜孩子边上是表现父爱与母爱的作品。看到饱经风霜并已过中年的裸体男子高高地托起他的幼儿，看到这举得高高的爱，我感到自己的眼睛湿了，能够自由地高举生命之爱是多么幸运呀！如果有人粉碎这高高托起的爱，而我能自由地抗议，不会因为这抗议而漂流异国，又是多么幸福。在见到的那一瞬间，我这么想。出国后，我就喜欢搜集表现父爱的艺术照片，喜欢像挟着小猪一样挟着孩子的年壮的父亲，也喜欢像抛着皮球一样把孩子抛向空中又轻轻接下的年轻的父亲，更喜欢眼前这群裸体的像托着星斗般托着孩子的成熟的父亲。

父爱作品的另一极，是母爱。我曾经写过《慈母颂》及另外几篇怀念母亲的作品，说我母亲当过三代人的奴隶：我的父亲，我和我的兄弟，我的女儿。我歌颂"为奴隶的母亲"，不是希望天下的母亲去做牛马，而是礼赞那些甘当牛马的母亲胸怀中的那一种可怜而伟大的至情至爱。没想到，地球北角的一个艺术家的心灵竟然和我如此相通，他表现的母爱，也是俯首甘当牛马的母亲。我看到一座极为动人的雕像：一个长得胖胖的年轻母亲，像牛马匍匐在地，驮着自己幼小的男孩和女孩，她长着两条长辫，一条自己咬在口里，一条被孩子牵拉着，就像牛马的缰绳。孩子们天真地笑着，尽情地享受着小腿下温暖的母性的山脉。这座石雕女人多么像我的母亲：以前驮着我和我的弟弟，现在驮着我的两个女儿。然而，我绝对想不到刻画两条长辫子这一神来之笔只属于挪威的天才，这又粗又长的辫子让人感到，年轻的母亲身上跃动着的生命活力和把全部活力奉献给孩子的深长之爱，其分量真如山高海阔。生命之美化作孩子的缰绳，拉着缰绳的孩子从牛马似的母亲中得到无知无邪的快乐，这母亲之爱无论如何是不能忘记的，从地球的东方到西方相隔万里之遥，而母爱却如此相似，可见人类的天性本就相通。我的母亲的长辫子早已消失，如今只有满头的白发，但是，我仍然记住她拖着长辫子的岁月，把青春和生命献给我的岁月。

维格朗雕塑公园里还有一些人与自然互相哺育的塑像，这些也令我震撼。至今，我还记得一个母亲伸出乳房正喂养着一只小羊。这个世界，无论是人还是自然，都是母亲的乳汁滋润的。母亲的乳汁不仅哺育着自己的孩子，还哺育着大自然。这幅年轻母亲喂养小羊的塑像，使我感到母亲具有佛性，她爱着所有的生命。这里的一切母亲的形象，都使我确信，唯有生命之轮才永远转动着爱，转动着新的诞生，转动着伟大的天才和新的历史，连雕塑家本身也是母亲所诞生的。

（选自《远游岁月》）

八方浪迹 ◆ 丢失的铜孩子

甜蜜的哥本哈根

哥本哈根距离斯德哥尔摩很近，但城市的性格却很不相同，斯城显得很重，哥城却显得很轻。今年六月底，我和李泽厚、汪晖、高建平、李明等几位朋友游玩了哥本哈根回来之后，竟情不自禁地说，没想到哥本哈根这么浪漫。

汪晖在返回的路上巧遇到一位漂亮而有思想的波兰姑娘，她也刚离开丹麦。汪晖问她："你喜欢哥本哈根吗？"她不作判断，只是说："哥本哈根太甜了。"这位波兰姑娘的印象真有意思，她用一个"甜"字来描述哥本哈根确实十分恰当。可惜未婚的汪晖没有抓住这位聪慧的姑娘，短暂相逢之后就让她远走了，而且从此恐怕难再相逢。人生瞬息的失落有时会留下永恒的心灵的孤独。

哥本哈根如何甜，我的体验并不深，因为逗留的时间太短，只是在城市的表面滑动。不过，我们也看到斯德哥尔摩所没有的甜蜜的白天与夜晚。夜间随处可见霓虹灯下欢腾的酒吧、舞场与性商店及性表演场，在我们旅馆附近的一条小街上，就有红灯区。可是，小女儿刘莲步步尾随着，我们只能沿街一瞥便匆匆走开了。白天，则有位于市中心的大游乐园，在此处，我们倒让小莲尽兴地玩了一天，连李泽厚也坐不住了，他事先吃下预防心脏病的药丸，然后也和莲莲坐上数十米高的航天器在空中飞旋了几十圈，让我们在地面上看得发呆。这时我才发现，李泽厚的胆子比我还大。

与浪漫有关的还有一个性史展览馆。哥本哈根办这样一个展览馆，可谓别出心裁，这里展出的图片、文字和录像，有人类对性的认识的发展轮廓，有性与权力、性与文明的纠葛线索，我因为生怕尾随的小女儿受精神污染，一直陪着她，不让她去看录像。因此，我们就在世界名人的性观念展室停留了好久，欣赏从马丁·路德、尼采到马克思、诺贝尔，一直到希特勒、斯大林、玛丽莲·梦露等名人对性的见解。没想到马丁·路德完全同情婚外之恋，他认为婚约不应当成为人性的锁链，如果丈夫或妻子成为对方的折磨，他（她）则有权利寻找另一情侣作为磨难的抚慰。这位宗教改革大师显然是情爱多元论的支持者。

哥本哈根最甜的其实应当数闻名北欧的啤酒街。各国的游客都到这里求醉，不习惯太浪漫的瑞典人也常到这里度过开怀畅饮的周末。啤酒街真像酒街。这是一条屹立于河边的长达数百米的街道，沿街而立的是一小间一小间的挂着老牌号的啤酒店，酒店前竖立着有如古堡的大啤酒桶，桶上安装着黄金色的水龙头，灌酒时哗哗作响，有如瀑布。酒花喷得满街都是酒香，令人未饮先醉。我们坐在一把太阳伞下，举着硕大的酒杯开怀痛饮。酒街乃是纯粹的酒街，不许有其他食品进入，也不许有其他酒杂混。只让大杯的啤酒一统天下，来到酒街的浪漫者与浪迹者们自然是"一醉方休"，绝不留情。因此常常一饮就是几个小时，甚至从早到晚。畅饮之时常有好友或情侣相伴，因此酒兴极浓，不断有即兴表演或舞或歌或弹吉他，时间在酒里流逝得特别快，假如中午到了酒街，转眼就是黄昏。到酒街畅饮过几回的友人告诉我，人生一旦开怀，真有无穷乐趣。本想自杀的一定会因此怕死，本想独身的一定会想到应该恋爱一阵，酒中之悟非常特别。听了朋友的酒话，顿时也领悟到放下世俗的欲望，作一片刻的开怀，确实要紧。人生之路已走了这么久，什么时候大开怀过呢？什么时候放下世事的种种忧虑高高地举起大酒杯而让啤酒一泄胸中的块垒呢？好像没有过。怎么到了"不惑"之年还不懂"关怀"的意义？怎么到了"知天命"之年还不知生命乃是属于自己，该挥洒一点真情真性？有抱负的人生常常十分可怜。

如果那位波兰姑娘所说的"甜"，是指啤酒街中的开怀，我倒是很喜欢这种"甜"的，因为这种甜，绝不是酸甜，而是人类天性对自由的拥抱和体验，我相信，那满街的酒香，是能疗治人间的虚伪与阴暗的，它不是外交场合那种溢满酸味的烈酒，愈喝愈使人走样。

（选自《远游岁月》）

66

世界最后的归宿

　　四五年前，我和几位中国作家朋友第一次到巴黎时，确实不知道什么叫做"红灯区"，为此，张贤亮开了我一阵玩笑："他竟然不知道红灯区？竟然……"是的，我真的不知道，一个在十年岁月中只能听《红灯记》的人，为什么一定会知道红灯区呢！

　　也许是因为不服气，也许是在世界的上空飞来飞去而飞得油了，我决定去看看红灯区，观赏一下繁华世界的肉文化。我并不脆弱，绝不会从红灯区走过就会被资本主义俘虏。于是，在朋友们的"保护"下，我走过了巴黎的德尔尼大街，走过东京的十番街，最后，又走过阿姆斯特丹的红灯高挂的说不出名字的小街道。

　　在巴黎的德尔尼街上，各种肤色的妓女沿街站立在店铺的门口，有的照着镜子等待着，有的抽着香烟正在与客人讲价钱，有的则在卖弄风姿，扭来扭去。我初次见到这种情境时，真有点"惊心动魄"。走了大约十分钟，就请求朋友带我逃离了。后来，我听到一位会法文的朋友告诉我，说有位妓女接受电视台采访时说对中国人不满。记者问她：你最讨厌哪一个国家的客人？她回答说：我最讨厌的就是中国人，他们只是看，不做生意。的确，中国游客到这里观光的不少，但敢于进行肉体与灵魂冒险的恐怕不多。

前年到了东京开会，朋友们又带我到银座附近的十番街。沿街走了一趟，看不见巴黎的那种情景，只是听到妓院门口的男人用日语在招呼生意。朋友翻译说，他们在喊："这里有好姑娘哟!"这回我已不再"惊心动魄"了。

这之后，我又到了荷兰去看望少年时代的同学，他带我到海牙、鹿特丹和阿姆斯特丹观赏了一个星期。火车驶过荷兰的乡村时，见到这片土地上的草地那么干净、青翠，而牛群、风车、鲜花又那么美，真令人神往。可是，到了阿姆斯特丹之后，红灯区的盛况使我大吃一惊，那真是红光四射的被肉搏动的魔幻世界。妓女们不是站在门口，而是在透明的玻璃橱窗里，她们环肥燕瘦，弄姿搔首，坦然地展览着肉的光辉。听朋友说，两三个世纪之前，阿姆斯特丹就是世界上最大的港口，世界各国的海员远离家园，搏击沧海，到了阿姆斯特丹都想快乐一阵，一洗身心的倦意。加上荷兰法律上允许卖淫，所以色情业就特别繁荣。听完介绍，我突然想到，阿姆斯特丹的红灯区也许不仅是四面八方的海员们的落脚地，可能还是世界最后的归宿。人类社会正在被物欲肉欲潮流所左右，世界正在走向肉人化，而且肉化的速度非常惊人。这样下去，人类的灵的部分愈来愈小，肉的部分愈来愈大，最后，人类可能就走向红灯高挂的肉海洋中。

参观阿姆斯特丹之后，我们又去参观鹿特丹与海牙。

我早就向往鹿特丹，这回真是饱览一下巨大的轮船。人生观赏大自然的高山大海是一种乐趣，观赏人造的庞然大物也是一种乐趣。我和朋友在鹿特丹的码头上转来转去，面对停泊在港湾里的巨轮赞叹不已。到海牙，观赏的则是另一种气派。一走到王宫背后的大海滩，几乎吓了一跳，那是我从来未见到的奇特的景观：数十万男女裸着身子躺在海滩上沐浴夏日的阳光，女人的乳房有的全裸着，有的半裸着，男人有的赤条条，有的半赤条条，但都在尽情地享受阳光。仿佛阳光是一次性的，仿佛这是世界末日之前最后的沐浴。朋友告诉我，他喜欢这种享受生命的方式：全身心全意志地接受阳光、沙滩和大海，任何遮拦都是亵渎大自然。

海牙也有红灯区，也有肉的展示。而且那里还有一大塑像，这是我们中国同胞膜拜过的斯大林元帅的塑像，他立在那里，笔直地斜举着右手，给奔向红灯区的人们指路和站岗。这奇景真使我愣了好一会儿。怎么会想到在这样的地点，这样的时刻，让这样的伟人来站岗？是不是设计者和采纳者觉得这位红军元帅与红灯区在颜色上是相通的，蓄意玩着后现代主义的"并置"游戏？倘若是"并置"，这也是非常怪诞的并置：伟大与渺小，崇高与邪恶，共产主义与资本主义，革命与不革命甚至反革命。也许他们不是这个意思，而是另一种意思的并置：残暴与温柔，贫穷与繁华，无情与有情，极权与自由。怪诞的组合本来就怪诞，一细想，就加倍地怪诞了，幸而朋友知道我又要发书呆病，

八方浪迹 ◆ 世界最后的归宿

69

就提醒说，斯大林你已看得太多了，不必多看了。然而，我还是继续想，并对朋友说：这位设计者大约觉得斯大林的红色恐怖和红灯区的肉欲恐怖，都使世界堕落。朋友听完笑着说：设计者要是这么想就好了，但他们绝不会认为红灯区是堕落。

由于斯大林的耽误，我和朋友只好匆匆离开海牙，赶回阿姆斯特丹。不过，我还想再次到海牙去，那里的蓝波碧浪骄阳，我还没有好好欣赏。斯大林对我来说，并不那么重要。

（选自《远游岁月》）

西贡沧桑

　　如果有越南读者读到我这篇短文，请原谅我把胡志明市仍然叫做西贡。其实我很喜欢胡志明，觉得共产主义运动中的各国革命领袖，胡志明是最质朴、最可亲的领袖，无论是掌握政权之前还是掌握政权之后，他都很像我家乡的有知识的老农民伯伯。在我青少年时代所做的共产主义大梦中，他是我的一个理想人物，一个既区别于地主阶级也区别于资产阶级的真正的无产阶级先锋队首领，这是奴隶的首领，社会的公仆，人民的长老。在越南南方的旅行中，我遇到了几个越南人，他们曾经是阮文绍政权的"伪职员"，但也对胡志明充满敬意。我在此文中把"胡志明市"仍然称为西贡，只是因为我的整个青年时代都在阅读关于越南战争的新闻，西贡与河内这两个对峙的符号，扎进了我的记忆深处，也许还进入了潜意识。

　　因为越南是影响我思维乃至全身心的国家，所以在故国期间，我决心要去看看解放了的西贡，换了名字与旗帜的西贡。二〇〇五年夏天，正好纽约的好友仲麟、慧敏南来香港探亲，愿意陪我和菲亚去游玩，越南之旅便成行了。

　　仲麟在联合国里做翻译工作，中文、英文、福建话、香港话都好，又是一个旅行家与美食家，与他同行，不仅可以玩得好，而且可以吃得好，难怪菲亚说，最喜欢和仲麟一起旅行了。果然这一回旅行真是尝遍越南的土特产，各类蔬果不用说了，最奇特的是香蕉虫子。虫子也可以吃吗？仲麟说：好吃，著名特产。我还是拒绝，但菲亚说，我要尝尝，别人敢吃我也敢吃。显得有点悲壮。主人知道远方来客的顾忌，就先拿出一小碟让大家看看，一只一只全都白白肥肥胖胖，像香蕉的浓缩体，只是一看到虫子的小红嘴和若干小脚，我就害怕。仲麟、慧敏、菲亚见了齐说好，于是，一人一碟还配了小酒杯。食完，仲麟与菲亚均未赞赏也未叫骂，大约是觉得吃虫子属于不好不坏、不中不西、不雅不俗、不咸不淡的怪味餐吧。除了吃虫子之外，让我难忘的还有在海关的入境处签证时，排得足有两个小时的队，出国之后，我已不习惯于排长队签证，但在西贡却偏偏见到最长的队，等候最长时间。第一印象就不好，我的越南，我在青年时代全身心支持过的越南，你让我排队排得真"受罪"了。

出关后到街头搭车，印象也不好，刚出门，就有一大群人包围过来，有的把邮票册塞到眼前，要你买，有的把竹笠子给我戴上，让我试试，还有悄悄在耳边问，要不要夜会的票，是原价的五折，还有卖首饰、卖新鲜水果的。三十年前，我只知道"抢购"，现在才知道还有"抢卖"的。看来，西贡的资本主义自由已经"化"到我们这些来客身上了。

坐上车后，从窗户看到满街都是摩托车，二十年前我在北京长安街边曾赞叹过自行车的巨流，这回看到的则是摩托的巨流，多数是小型摩托，而且骑者都戴着盔帽。一旦有红灯拦住，更可看到摩托军团的壮观。这一壮观让我感受到一种伸手可以触摸到的社会再生的活气。战后的越南，遍体伤痕，但不是废墟，生命的巨流仍像不息的大河又在这片倔强的土地上汹涌流动。

到了旅馆门口，就有人过来问要不要兑换越南货币，美元、港币都欢迎，尤其是美元。越南人不喜欢美国，但喜欢美元。货币不分敌我，也不记仇恨，这也可以理解。还有一些小推销员在门口发票，推荐他们的按摩房、洗脚房。旅馆的老板说，别急，拐拐弯，边上的几条街到处都有这种服务行业，价格很便宜，可以直接收外汇。显然，外汇正在化解战争的伤痕，并在为西贡开辟新的生活。

"印象"过后，我们选择了一些观光点。还是与战争有关的景点最吸引我们。参观阮文绍总统府其实也与战争有关。这一总统府最重要的设备是防空设备。这种随时准备迎接战机、迎接炸弹、迎接失败也随时准备逃离的总统府真是单薄得很，简陋得很，可怜得很。在大国的争霸中，小国总统只有充当傀儡的宿命。傀儡没有自由，也没有安全。如果没有崇高的信念，充当这种总统实在是受罪。站在总统府的顶端，看到只有一颗五角星的红旗在飘扬，我想到，在孤星红旗飘扬之前，这座府阁里的总统恐怕没有生活，陪伴他的恐怕只有恐惧。

　　比总统府留给我印象更深的是主战场的壕堑。战壕、防空洞挖得极深，深到出乎我的想象。我问导游者，这种防空洞是不是也可以躲过原子弹。导游者说她没有研究过这个问题，但她说这种足有百丈之深的防御工事是世界罕见的。当时的战争有多激烈，这也是一个坐标。人类为了生存，不能从空中飞走，只能往地底深挖。死神的重压与求生的力量之大在越南的往昔战地里处处可以感受到。我们唯一的一次观赏越南大自然景色，也与战争相关。那是游览布满红树林的红河湾。这是湄公河下游的入海口，半是河湾半是海湾。宽阔的河面上汹涌着浊黄色的水流，且与大海连成一片，相当壮阔。观光点是一个长满榕树、红树林、椰子树和芭蕉的小岛，导游者说，这是南北战争中南方游击队最活跃的地方。游击队躲藏在红树林覆盖的海湾河湾里，神出鬼没，可以以一当十。美军与西贡政府的正规军拿他们一点办法也没有。为了让游客体验当时的情景，观光点上有许多私营小舢板船，我们租了一只，让小船带着我们穿越盘根错节的红树林区，感受一下游击队的水战场，在左穿右拐的密林里，我才感到美国人真傻，他们怎可陷入这种战争。在红树林里红色战士从小就习惯浑黄的河水、神奇的树丛，他们是水里的蛟龙，树中的飞鸟，林间的狮子与豹子，他们当然注定是这片土地的胜利者。战争，对于来自北美的敌人，则处处是陷阱与鬼门关。

　　观看西贡的基督海滩，也与战争有关。海滩的山头有一座基督雕像。在山腰上，基督忧伤地望着沧海。我们沿着石阶一步一步登山，千级台阶逼得我们不得不多次停下喘息。坐在石板凳上，有两三个拿着集邮册的差不多与我们同龄的越南人来和我讲价，我翻了翻邮册，有许多战前发行的邮票与越南货币，就买了三本，他们很高兴，就坐下来和我聊天，这才知道，这个滩头原来是北方军队兵临城下时西贡资产阶级逃亡的地点。当时的富人们，手捧着金条和各种首饰，还有平时积存的美元，争先恐后地挤在滩头上，恳求来自中国香港和东南亚各地的艇只，给他们一席逃难的舱位。"共军"来了，"狼"来了，充满恐惧的地主、资本家、小业主、小官员争先恐后地逃亡，在基督的眼皮下仓惶入海。他们没有想到，"共军"来了之后除了"易帜"（换国旗）和"易名"（把西贡改为胡志明市），并没有大规模的土地改革运动、"三反""五反"运动，虽然抓了一些人但也没有镇压反革命运动。紧张了几年，他们又开放门户，开放货币，开放市场。政府着手发展经济时才发现缺少资本，于是又想起逃到美国和世界各地的大小资本家，又制定各种优惠政策欢迎他们回来"建设祖国"，于是一个一个"还乡团"又带着重新积累的美元、港币、台币，回到往日狼狈逃窜的海滩，又见到山坡上忧伤的基督和山坡下自己的故园。他们从海滩出发转了一大圈后又回到原先的伤心之地，和这些逃亡者与还乡者一样，历史也转了一大圈而回到原点，刀枪尚未入库，但人们已不再崇拜"革命"而是崇拜在海外发了财的"反革命"了。

此次西贡之旅，带给我一些莫名的惆怅。在返回香港的飞机上，我想，越南战争是我见到的最惨烈的战争，连我的祖国政府都声明不惜以最大的民族牺牲支持这场战争。然而，战争是为了什么呢？仅仅是为了把西贡改成"胡志明市"吗？尽管我很喜欢胡志明，但为了更换一个名字和一面旗帜，值得流下那么多鲜血和制造那么多尸体吗？值得制造那么多死亡、残疾、哭泣和逃亡吗？时间一过，一切都返回原点。正如鲜血流过，资本又返回西贡。

寻找中美洲的玛雅遗迹

今年二月六日，科罗拉多高原刚刚下过大雪，天地间格外明亮，我们几个高原上的好友乘坐飞机飞往美国南部城市新奥尔良（New Orleans），然后乘坐可容纳两千四百人的大游轮"挪威人"号（Norwegian Cruise）直奔墨西哥的玛雅遗址。此次中美洲之旅，由友人吕志明、朱秀娟组织，除了我和菲亚积极参与之外，还有李泽厚兄一家，大嫂马文君和他们的儿子李艾都很高兴。此外，还有我们的中医朋友刘涌与严佩芬。

新奥尔良在二〇〇八年被卡特里娜（Katrina）飓风打击过，城里还到处留着伤痕。我们在这里住了一个晚上，并在"地中海饭店"吃了带有南美风味的晚餐。饭桌上我们讨论了此行的目的地，三个中美洲国家，对于墨西哥与洪都拉斯这两个国名是熟悉的，对贝里斯（伯利兹，Belize）则很陌生，它原是英国的殖民地（名叫英属洪都拉斯），现自成一国，去看看也挺好。据说，现在还有两百万玛雅人的后裔散居在这三个国家与危地马拉国之中。遗憾的是我们不能到玛雅遗址的重地危地马拉，那里仍处于内战的烽烟中。产生于公元前两千年的玛雅文明，拥有象形文字，拥有二十进制与零概念数学的玛雅文明，拥有上千个城邦的玛雅文明，为什么在公元十世纪突然消失了？为了解开这个人类心头的共同之谜，一八三九年，考古探险家史蒂芬斯勇敢地率先进入中美洲的热带雨林并首先发现古玛雅人的遗迹，发现遗址中竟然有巍峨的金字塔，还有宫殿、祭坛与天文历法。二十世纪八十年代，更有一支由四十五名学者组成的大型考察队，进入危地马拉的雨林腹地，不畏美洲虎与响尾蛇的威胁，考察了整整六年时间，研究了六百多次玛雅遗址。在饭桌上谈起这些故事，我们除了对科学家们产生衷心敬佩之外，自己也产生了旅行的悲壮观。

巨轮在海上行驶了两天。二月二十八日抵达 Costa Maya Mexico（墨西哥），三月二日抵达 Belize City（贝里斯旧都），三月三日到达洪都拉斯（Honduras）的 Roatan 岛，五日又向北转到 Cozumel Mexico（墨西哥的科苏梅尔）。三个国家中几个有代表性的玛雅遗址我们都去游览。每到一处，都有当地的导游尽情尽力地为我们说明玛雅文化的历史和遗址的本来面目。每处遗址都有残存的石碑、石柱，上面有文字也有图像，导游说，这里记录着历朝历代统治者的形象和朝代的历史，可是我们却一点也看不懂。我因首次见到热带大雨林，一下子就被这种大自然的气象所震撼。如此庞大的爬满青藤和长满阔叶的原始丛林，立即把我带进神秘的历史沧桑之中。世界上最先出现的几大文明，例如中华文明、古印度文明、希腊文明、巴比伦文明、古埃及文明、希伯来文明，全都孕育在大海之滨或大河流域之中，唯有玛雅文明孕育在这种枝叶覆盖的森林深处。三月之初，我们居住的科罗拉多高原还飘着雪花，而这些地方却已进入摄氏四十度的高温。气候恶劣，又缺少江河的滋养，在烈日的煎烤中，我才明白玛雅人为什么特别崇拜太阳神（在几处遗址中，见到的神像全是太阳神的神像），原来，太阳对他们是最大的威胁，可是，也是凭借太阳的热力，雨林里才长出那么繁密的树果，这些果子可以充当一部分粮食。玛雅人也有自己的农业，他们给世界创造了"玉米"，所以有人称玛雅文明为玉米文明。可是，居住在热带雨林中的这些玛雅部落与玛雅城邦，恐怕很难产生大农业与大畜牧业。与之相比，我觉得我们的中华民族真是太幸福了，处于温带，处于黄河长江的泽溉之中，可以逃离可怕的炎热，可以精耕细作，可以春秋皆有收成，这恐怕是玛雅人难以想象的。我过去一直认为中华民族是最刻苦耐劳的民族，看到玛雅人的生存环境，立即产生一个问题，中华民族刻苦耐劳是真的，但是能不能加上"最"字却值得想想。要说"耐劳"，玛雅人可能才够得上。如此高温，如此雨林，他们用双手把无数大石小石一块块地搬来，垒筑成大庙宇大祭坛，垒筑成大金字塔，这是何等辛劳。我们在贝里斯看到的名叫 Altun Ha 的金字塔，高度竟有数十米，塔身九层，每层九十一级宽阔的石阶。四周的台阶共三百六十四级。我们一行，只有泽厚兄的儿子李艾攀登到塔顶。志明兄不服，年过六十，也接着登上塔顶。我和泽厚兄以及其他同伴，只能坐在塔下望远兴叹，感慨高塔的雄伟，也一再讨论着一个问题，这么多的石头，在没有机器的条件下，玛雅人是凭什么力量把它搬入空中，建成这样的摩天高塔的。想来想去，思古思今，答案只有一个：靠超人的耐力。玛雅人具有超人的刻苦耐劳，这一点可以确信无疑。

可是，让我深感困惑的是，玛雅人像蚂蚁一样辛勤地搬来千百万块石头，却用来构筑祭坛，构筑金字塔。玛雅金字塔比埃及金字塔小，用处也不同。埃及金字塔是帝王的陵墓，玛雅金字塔则是大祭坛和庆功礼坛。玛雅人把汗水乃至生命都贡献给"神"，祭坛、庙宇很"壮丽"，而他们自己的居所却很简陋。有一个祭坛让我们非常惊讶。坛面广阔，但其前沿却有五个长方形的石坟。导游告诉我们，这是部落祭司（酋长）为了对神表达虔诚，亲自杀了自己的五个儿子作为祭奠的祭品。祭奠前他不仅杀了儿子，而且还剖开儿子的胸膛，取出心脏，放在大祭坛左侧的四方形的小祭台上。据说，祭奠时心脏还在跳着。听了这一故事，我立即对志明兄说：你看，玛雅人为了祭神，竟然把自己的精英送上断头台。《圣经》里的亚伯拉罕也曾想杀子献给上帝，但是仁慈的天父不忍信徒这么做，他指示以"羊"代替"人"，这便是慈悲。而玛雅部族的祭司，虽然虔诚，却不免残忍。当时我想：一个总是把自己的精英送上祭坛的民族，它怎能不灭亡呢？关于玛雅文化灭亡的原因，众说纷纭，但没有人提到过度迷信的原因。人类经历过中世纪的宗教黑暗，明白过度迷信会造成怎样的灾难。中国也经历过"文化大革命"的个人迷信，知道为了向太阳神表示忠心，而把自己的被称为"反动学术权威"的精英送上祭坛，会造成怎样的恶果。

观看祭坛和听了导游讲述祭奠的情景，泽厚兄也摇了摇头对我说：把儿子当祭品，这不合情理。中华民族文明之所以不会灭亡，说到底，它还是比较合情理。泽厚兄从许多角度比较了中西文化的区别，提出两者的几道差异性命题，例如"一个世界与两个世界"（中国文化只有现世、只有此岸、只有人的世界，西方则是人与神、此岸与彼岸、现世与来世并存的世界）、"乐感文化与罪感文化"、"天道文化与天主文化"、"诚文化与信文化"等，西方文化只讲"合理"，中国文化除了讲合理之外，还讲"合情"，而且情是根本，是最后的实在。玛雅文化只讲合神和对神绝对崇拜的"理"，这种大偏颇怎能使民族生命长存长在呢？

因为"太阳神"主宰着玛雅人，所以泽厚兄和我在洪都拉斯和贝里斯的两处留有太阳神雕像的地方特别爬上山坡细细端详了一番，这才发现神像不是一个，而是一组，有早晨的太阳，有正午的太阳，有黄昏的太阳，多元太阳象征着崇拜者既接受兴起，也接受灭亡，既接受沐浴，也接受煎熬，既接受生，也接受死。可惜，整组太阳并不完整，五个被偷走三个，只剩下两个"真身"，其他三个都是赝品。这些盗贼小偷的胆子真大，他们竟然敢偷神。当我这样夸奖小偷时，一位旅伴反驳说：他们哪里是偷神，完全是偷物。他们把神像只当物品商品，可能是拿去卖钱，不会拿去供奉。太阳神并没用帮助玛雅人保住自己的家园和挽救民族的消亡，还信它干什么？但神像确实雕塑得不错，每座神喜怒哀乐的表情都相当生动。历史学家早已称赞过玛雅文化中的建筑艺术与雕塑艺术，小偷的眼光也不差。

除了祭坛与太阳神之外，让我和游览同伴印象最为深刻的还有在 Cozumel Mexico 遗址中见到的经历过激烈战争的城邦废墟。这一城邦的地理位置很好，一边是大海，几个堡垒几乎是建在海岸边的悬崖上。海水碧蓝，天空碧蓝，真真是海天一色，美极了。可是古战场上除了残垣断壁之外，只有几棵稀疏的树木和在树下缓缓爬着的蜥蜴，这种在沙漠里也能存活的小动物，在旅客的脚下走来走去，显然是在等待游览者扔下食物。玛雅已非，蜥蜴还在，它们的祖辈大约见证过历史的沧桑，看过玛雅一千多个部落与城邦之间进行过怎样惨烈的战争。玛雅人好斗，他们没有统一的大帝国，没有调节各城邦的政权力量。他们长期处于无政府状态，但不自知，他们不明白"无政府"比"坏政府"还糟。他们可能比我国春秋时期的小国战争还激烈还残酷，"春秋无义战"，玛雅也无义战，他们热衷于攻打对方，热衷于抓获战俘以做自己的奴隶。不过玛雅的士兵们一般都把战俘交给自己的祭司，以作为祭神的祭品。玛雅文化何以灭亡？有的说是因为外部势力的入侵，有的说是气候突变，有的说是瘟疫爆发，有的则说是内部的自相残杀。二十世纪八十年代的庞大考察团考察玛雅遗址之后得出的结论，还是内部无休止的战争。玛雅人好像没有中国的"同胞"观念，即无"本是同根生"的情感，因此杀戮起来，往往毁灭城市，扫荡生灵，即进行斩草除根的屠城。玛雅人不仅没有统一的帝国，似乎也没有统一的伦理系统，战争一旦失去最基本的伦理，例如不滥杀无辜，不滥杀妇女儿童，那就不仅会充满血腥味，而且会充满毁灭的末日气息。

从墨西哥返回新奥尔良的途中，我和泽厚兄一面观赏大海的洪波碧浪，一面又谈论起人类几大文明的沉浮兴衰，思来想去，较来比去，觉得中华文明长存至今，自有一番坚实的理由。该珍惜还是要珍惜，那些平平常常早已让我们熟视无睹的情感、理念和理性，那些合情理的书籍、文字和教诲，用今天的眼光重新审视是需要的，但不可轻易批倒骂倒。游走了一部分玛雅遗址，我们充满对逝者的惋惜感，也升起了对在者的珍惜感。

（二〇一一年六月）

佛罗里达之游二题

快乐园里说快乐

此次到佛罗里达，还约了年轻的"老友"王强、碧丽夫妇到奥兰多（Orlando）一起游玩聊天。他们俩在纽约州立大学获得硕士学位后，本来都在新泽西州担任计算机工程师，可是，六年前王强被北京新东方英语学校聘请去担任教授与副校长，现在变成东西方两岸分居。此次我们相见真不容易。王强从北京飞到美国探亲，还来不及休息又从纽约飞向南方。因为碧丽是菲亚（我妻子）在福建连城一中任教时的学生，所以她到北京大学英语系"读书加恋爱"时，常带着"同学加恋人"王强到我们家，二十多年来一直像是我们的子弟。他们俩天真聪明，英语都极好，现在国内出了三大本《王强口语》还附上录音带，不知有多少人跟着学。除了英语好之外，王强还嗜书如命，是个典型的"书痴"。一九九七年他俩到科罗拉多州来看望我们，一起逛山中小城，他竟然在几个破旧的古玩店里买到三本绝版旧书，其中有一本《赌博史》，至今我还记得。看着他那种如痴如醉的样子，我想起一九八八年他到美国访问时得到四千美元全部买了英文书，分文不剩，也没给碧丽买件像样的礼物。我喜欢这种无论读书、写作还是做事都进入痴迷状态的"状态中人"，喜欢和他没完没了地聊天。他在英语书海中捡拾的珊瑚贝壳，恐怕少有人知道。前几年香港明报出版社出我的散文精选本，我请他写导读，他一气呵成，写得既有文采又有思想。此次我们见面，他们给我一个惊喜，是带来神童般的五岁小儿子王坦，当然早就知道他们有个聪明的孩子，但不知道如此聪明。我们游览海洋公园，他拿着地图指指点点，随时告诉我们此时在园中的哪一个景点，像是引路的小天使。不管走到哪个馆他都会进入评论分析。现在他已写了几本英文日记，读了真让我羡慕不已。这个小神童，不仅带给我们游玩的许多乐趣，还带给我们许多培育孩子的话题。

王强告诉我，他已不再担任新东方的副校长了，但还在新东方集团的教育研究所当所长，正在热心办学，既办中学也办小学，他说他们正在做教育实验，他还给学校提出一个最简单的教育方针——三个"H"，即 Happy（快乐）、Health（健康）、Helpful（乐于助人）。我一听就叫好，连问："这也是给小王坦的教育方针吧？"他们小两口同声回答说：正是。于是我们讨论了一阵教育。不是在办公室里讨论，而是面对满园的花树奇石讨论，真是有趣。

王强说"快乐"就是要让孩子保持天真的天性，使他们从小热爱生活，有了对生活的爱，自然就会积极地对待人生与事业。我补充说，"快乐"就是不要让孩子太沉重，不要让他们少年老成，丧失生命自然。王强说，"健康"是生理要求，又是心理要求。有强健的体魄才有精神，才有朝气，才有一股劲，有健康的心理才能更热爱大海、山脉、体育场。我补充说，"健康"包括身体的健康与灵魂的健康。两者确实可以互动。身体强健可以产生屹立于天地之间的豪气和对于未来的信心，强健者较少陷入小气鬼与胆小鬼的行列。而灵魂的健康则不会产生嫉妒、仇恨、多疑、过分忧郁等病态。中国的阿Q病，是灵魂病，但首先是身体萎缩病。长得不像人样，往往会影响灵魂的直立。心地善良、正直而广阔，自然也会使身体更强壮。王强说，"乐于助人"是道德的要求。有这条要求，孩子就不会自私。只要乐于助人的品质在心灵里扎根，其他好品性都会生长出来。我补充说：对孩子的道德要求不必太高太多，太高太多而做不到就会作假，作假对人性的腐蚀最厉害。"乐于助人"的要求不高，却是根本。从小就朝着"乐于助人"的心灵方向走，走出来的路绝对是正道。讨论了"三个H"之后，我们又一起感慨了一番，觉得在生存竞争日趋尖锐的历史场合中，从美国到中国，愈来愈注重培育"生存技能"，而不注重培育"生命质量"，其实生命质量才是教育的第一目的。快乐、健康、乐于助人就是为了塑造优秀人性，为了提高生命质量。人与人的差别，从根本上说，不是职业技能的差别，而是生命质量的差别。中国人有十几个亿，数量上世界第一，但是不知质量上居于第几？说到这个话题，我们简直又要感愤起来了。幸好碧丽说，瞧，小坦坦已经找到鲸鱼表演的地方了。于是，在小神童的带领下，我们赶紧往小山那边跑，一边笑，一边叫。

深浅二字论人生

在佛罗里达和王强谈"三个H"之后，又从"快乐"谈到王国维。我说，王国维曾讲过主观之诗人阅世愈浅愈好，客观之诗人阅世愈深愈好。所谓客观之诗人恐怕是指现实主义作家，包括叙事诗人与小说家。王国维本身是个诗人，他阅世并不深，但想得深，学问也做得深，结果没法接受在他眼中混浊的"乱世"，便投湖自杀了。过去我以为他被时代所抛弃，这倒是想得浅，如今觉得是他主动地把历史从自己的生命中抛出去，这也许深些。听我这番议论，王强说，撇开立场与是非，其实王国维这种人格是最漂亮的人格，他做人清浅，但做学问精深，思想更精深。这种人格如果推向社会，便是做人浅，做事深，也可说是做人单纯，做事业则有雄才大略，好多事业天才都是这种人。我极欣赏他这种说法，并立即给他作注：在政治军事领域中，像拿破仑可算是这种人，他喜欢歌德，上战场还带着《少年维特之烦恼》，始终有些天真浪漫，但在事业上则充满雄心与智慧。在文学领域，俄国的那群天之骄子，从普希金到契诃夫、托尔斯泰、陀思妥耶夫斯基，都是一些做人像孩子、做文章像大海的奇才，浑身都是诗意。王强补充说，尽管我们不太赞成尼采的许多观念，尤其是超人的观念，但他毕竟想得深，可是尼采做人却很清浅，疯疯癫癫，性情极其率真，看到别人无端打马，急得痛哭，也像个孩子。

谈兴很浓，我的思绪一下子驶向远古，说起了《山海经》英雄的特点。倘若我们把女娲、精卫、夸父等当作神人合一的生命，那么，这些英雄都极为简单，根本没有什么生死、荣辱、成败观念，但做的事业则深入最浩瀚的大海与天空，深入无边的宇宙。中国的哲学家和思想家老子、庄子、慧能等，也都是做人清浅而学问、思想很深的天才。以老子为例，他在"图书馆"里管书，出关时被迫着写《道德经》，说"圣人皆孩儿"，呼唤人们要回归"婴儿状态"，其实他自己就是一个老"孩儿"，就处于婴儿状态之中。他是一个"大智若愚"的典型，做人像个混沌傻子，一副憨态，作起《道德经》却成熟得像智慧老神，其思想的触角更是伸向历史最深处和宇宙最深处。他的哲学奥妙，几千年也说不尽，连海德格尔也佩服得五体投地。老子、王国维这种类型的天才真可爱，可惜这种人愈来愈稀少，相反的类型，即城府很深、思想很浅的人却愈来愈多。换种说法，是处世之道很深而悟世之道很浅的人正在掌握人间世界的命脉。

王强接着说，也许我们可以用"深"、"浅"二字为尺，把人群分作四类：（一）做人清浅，做学问做事业博大精深；（二）做人很深，做学问做事业肤浅；（三）做人做事业做学问皆深；（四）做人做事业做学问皆浅。他说第一类最好，第二类最糟，第三类可畏，第四类可接近。

王强这一区分使我想得很多。我说，第四类其实就是多数的普通人，虽是平凡，却没有什么"深心"，也就是没有什么心机、心术、心计，自然不可怕。鲁迅说韦素园如清溪"浅而清"，比"烂泥的深渊"好，这种人多半可亲，也有许多是可爱的。当然，清浅不可变成浅薄的白痴、流氓、痞子。而第三类两者皆深，确实可畏，甚至可怕。近现代中国的大人物，如毛泽东等，两者都极深，都充满深不可测的谋略策略。这类大才中，当然也有可敬的，但我宁可敬而远之。当代一些著名中国学者，也常是两项皆深，学问功夫深，但做人也很有功力，学术心术兼备，极为世故，对这种学人我是难以衷心敬佩的。以赛亚·伯林把学者分为狐狸型与刺猬型两种。学问做得如狐狸那样深藏不露，或许不错，但做人像老狐狸，却让人讨厌。当然，最可怕的是没有文化情怀却有深心巨谋的人，许多阴谋家、野心家、政客都属于这类人。两项皆深者，干坏事还有文化造成的心理障碍，而没有文化的计谋家、阴谋家们却干什么坏事都是天经地义，鱼肉人民绝不心跳。二十世纪六七十年代，"文化大革命"打掉中国的文化情怀，却留下无数心机计谋，结果使这类人遍布神州大地。

以往国人热衷于对人进行阶级分类，这乃是一种权力操作。而我们的分类，则纯属纸上谈兵，游戏而已，为的只是勉励自己保持天真与勤奋，做一个处世浅些、悟世深些的学人。没有权力背景的清谈，正是旅游中的一大乐趣。

（选自《沧桑百感》）

二〇〇五年的浪迹

　　此刻是中秋节前夕，面对落基山顶皎洁的圆月，我想起今年在东西方的漂流，两万里行程，两万里书页，阅读世界这部大书又有些心得，可是行色匆匆，竟然未写下任何文字。趁《明报月刊》小彭兄催我作"十方小品"，应先记下一点时间、地点和心绪。

　　一月二十六日，我和妻子菲亚一起从丹佛出发，经芝加哥、法兰克福飞往马赛，观赏了马赛歌剧院上演的《八月雪》，参加了普罗旺斯大学举办的高行健国际学术研讨会。看到我崇拜的禅宗六祖慧能走上西方主流艺术舞台，看到法国观众一再起立对他欢呼鼓掌，我为故国举世无双的自救性文化感到骄傲。会后，我到巴黎，又赢得几天时间沉醉于卢浮宫和奥赛宫的大艺术里，此次有行健兄作"导读"（高行健的居所就在卢浮宫边上），真是难得。他对西方艺术史如数家珍，听了他的评点，我又有所"开窍"。经过一段休息，行健兄的精神好多了。他现在正醉心于水墨画创作，去年他的二十五幅新画参加了巴黎当代艺术博览会的展出，被各国收藏家一抢而空，此时他又在为新加坡、德国、比利时的个人画展做准备。他画的不是色，而是空，其意境的空寂独到使他在人才辈出的西方艺术界里硬闯出一条路。

从巴黎出发，经里昂，我终于实现了期望很久的意大利之旅，终于见到了梦寐以求的佛罗伦萨和威尼斯，终于见到罗马和梵蒂冈，终于见到直通无边宇宙的米开朗基罗圆顶和他笔下的《创世记》场景，终于见到拉斐尔的天才展厅和提香的《乌尔比诺的维纳斯》，终于见到达·芬奇的《最后的晚餐》（存于米兰）。不知该怎样表达自己的感受。永恒，光芒万丈，天地大圆融，每一样艺术奇迹都足以让自己回味一生。我庆幸能在这里和伟大的灵魂相逢，并领悟到伟大的艺术创造是需要信仰支持的，或对神的信仰，或对美的信仰。在佛罗伦萨，我特别对这一文艺复兴的诞生地深深鞠了一躬，感谢这座群星灿烂的城市为全人类的解放（包括肉的解放与灵的解放）所做的惊天动地的呼唤与启蒙。

此次意大利之旅我还到了比萨、戛纳、维罗纳。莎士比亚笔下最著名的情圣朱丽叶与罗密欧的故事就发生在维罗纳，在朱丽叶的故居，在罗密欧求爱的那座小阁楼墙上，贴满了旅行者兼有情人的无数字条与诗句。朱丽叶铜像隆起的胸脯，被千百万多情的手指抚摸得闪闪发亮。意大利境内和边界上的小国除了梵蒂冈之外，还有摩纳哥和圣马力诺，我们当然不能放过。一是赌国，一是山国，前者豪华，后者简朴，但都有小国寡民文化的特别风情。

从欧洲回到美国两星期，就直奔我在香港的精神之所——香港城市大学中国文化中心。培凯兄知道我勤于思、惰于行（教学），只安排了六次讲座，使我赢得更多时间从事研究和校外学术讲演。于是，国内我漂流到广州、深圳、中山，国外竟漂到日本的爱知大学（名古屋）、佛教大学（京都）。在韶关南华寺见到了菩提树（世上仅存三棵）和慧能"真身"，在寺中畅饮了两杯清澈的泉水，真闻到一股灵魂的芳香（也许是禅味的芳香），这香味，至今还常在我梦中缭绕。日本京都是佛教重地，全城有三千座寺庙，有许多禅宗"藏龙卧虎"者，其中的柳田圣山就是最著名的禅学大师。我在佛教大学演讲"从卡夫卡到高行健"（在广州中山大学也讲此题目），涉及对禅的基本定义，胆子真的不小。演讲之前，受到京都汉学界竹内实、阪井东洋男、狭间直树、原田敬一、荻野备二等精英们的欢迎，演讲之后又在吉田富夫、李冬木教授的陪同下参观了比叡山、南山、金阁寺等处，并与高台寺的掌门禅师寺前净因作了一番对话，享受了灵魂共振的快乐。这次到日本是应爱知大学国际中国学研究中心主任加加美光行教授所邀，一到那里，第二天就与著名汉学家沟口雄三作了一番"商榷"，沟口先生对中国文化极为尊重，可是他的以中国镜子代替欧洲镜子的"亚洲表述"和"近代概念"却未必精当。在此中心里，我作了平生时间最长的演讲，连翻译讨论长达五个半小时，题目是"中国尚文的历史传统"，与四月间在香港讲的主题一样，但在日本我作了充分表述：最坏的和平时期也比最好的战争时期强得多，在战争中人没有尊严，任何生命都可能随时化为碎片与灰烬。

从香港至美国，先是飞到华盛顿看望刚分娩的剑梅，之后又飞回丹佛。一到丹佛就搬家，从拉斐特（Lafayntte）搬到博尔德（Boulder），大漂流后又作此小漂流。下个月将飞往台湾"中央"大学，小漂流后又要作大漂流，看来时而在东方望月，时而在西方望月，作无立足境的流浪汉，真的是我的宿命。

（选自《远游岁月》）

欧洲游思

柏林博物馆前留照

阅读欧洲七国

从十月二十二日至十一月七日，我和菲亚、林岗、刘莲到中欧的德国、奥地利、瑞士和东欧的捷克、斯洛伐克、匈牙利游览。我们从丹佛出发，飞往法兰克福再转向纽伦堡。在纽城开完会后又回到法兰克福，然后乘大巴周游六国。

我很喜欢欧洲，九十年代初我到瑞典"客座"时先就饱览了丹麦、挪威等北欧诸国，之后则先后走访了西欧的法国、英国、意大利、西班牙等国，这回补了中欧、东欧的课，下回再到南欧一趟，就读完欧洲这一课了。

欧洲的每一个国家，每一座城池甚至每一座大厦都有故事。文明积淀了数千年，每个地方都经历过许多战火的洗劫，都有一部悲喜歌哭的沧桑史。且不说史迹，就说大自然，那也够迷人的，这里没有沙漠，没有荒原，即使是穷国，但那一片永不凋零的山光水色也很让人眷恋。美国也很美，可惜缺少历史。不仅高楼大厦没有故事，甚至许多城市也没有故事。正因为欧洲各国有沧桑、有历史，所以需要阅读。有阅读才有心得，光是照相机似的留影和做些记录，也会有"眼福"，但没有心得。我把自己的"游记"称作"游思"，便是因为游记中不仅有观感，而且还有阅读的联想与思索。下边是我在旅行途中写下的"心得"。

阅读德国

这是第二次到德国，第一次是一九九二年应著名汉学家马汉茂教授（已故）的邀请到鲁尔大学作学术演讲。因时间太短仅到大学所在城市科隆游览了两天。那一次最让我高兴的是见到从未相逢的莱茵河和大诗人海涅的故居，还有建设了好多世纪才完成的雄伟的科隆大教堂。此次到德国，则是受纽伦堡爱尔兰根国际人文中心主任朗宓榭教授的邀请，前去参加高行健国际学术讨论会。与会者有来自亚洲、大洋洲、美洲等处的三十多位学者，加上欧洲和德国本地的学者，会场上的"人气"很旺。这年秋天，欧洲的秋色仍然十分迷人，只可惜经济危机的阴影覆盖着欧洲大陆，让人感到时代的萧索。在这种情境下，德国的教育部还能资助召开这么一个大型的作家研讨会，实在不简单。在欧盟的十几个成员国中，德国几乎可谓"一枝独秀"，强过英国、意大利、西班牙等自不必说，它甚至也强于法国。我多次到法国，觉得那里的工人阶级仿佛已经消失，社会上只有旅游业、服务业、高科技等部门，所有的日常用品几乎都是"中国制造"或其他第三世界的国家所制造。连电灯泡也是中国制造。我和法国朋友开玩笑："你们的光明来自东方。"其实，意大利、英国也是如此。据说英国的军装有一部分也是出自中国工人阶级之手。与欧盟诸国相比，德国倒是保留了许多传统的工厂和制造业，工人阶级尚未消失。

爱尔兰根大学的所在地是举世闻名的纽伦堡。这个城市既是纳粹的摇篮，又是纳粹的坟墓。纳粹从这里兴起，又在这里接受历史的审判。凡有历史常识的人都知道它的名字。一九三五年九月十五日，希特勒在纽伦堡的文化协会大厅召开会议，通过了三个反犹太人的法律：《帝国旗帜法》、《帝国公民法》和《保护德国血统及德国荣誉法》。第二个"法"规定只有雅利安血统的人才有充分公民权，同时剥夺了犹太人的德国公民身份；第三个"法"则严禁德国人与犹太人通婚。这之后，纽伦堡政权还陆续公布了十三项补充法案，进一步剥夺了犹太人的新闻自由、娱乐自由和教育自由等，把犹太人打入贱民阶层。可以说，德国通向奥斯维辛的屠杀六百万犹太人的血腥之路，就从这里出发。这是人类最黑暗、最可耻的种族灭绝的死亡之路。我们在大学校园里开了四天会，还赢得许多时间与德国的朋友谈论历史。所有的德国朋友都对纳粹的暴行感到耻辱。一九七一年十二月七日联邦德国总理勃兰特在华沙犹太隔离区起义纪念碑前下跪，这一行为语言典型地表明德国人具有真诚的忏悔意识。所谓忏悔意识，就是确认二战时期对犹太人的屠杀行为乃是德国整个集体的"共同犯罪"，是集体制造了一个巨大的历史错误和历史罪行，每个德国人都负有一份责任。不仅是纳粹头子负有责任，普通老百姓也负有责任。这种意识是对良知责任的体认。二战后的德国知识分子和德国人能够真诚地下跪体认，这是德国真正的新生。在第二次世界大战中，西方与东方都经历了大灾难，都经历了巨大的死亡体验，但战后的德国人和日本人表现不同，直到今天，日本的政客还在年年参拜他们的靖国神社。他们只想向屠杀中国人的"战神"下跪，绝不向南京万人坑里的中国亡灵下跪。东西方两种行为语言表明：德国战后确实砍断了战争的尾巴，而日本人还保留着，甚至还翘得高高。

在纽伦堡与德国朋友的交谈，总是很高兴，也才明白他们何以具有如此清明的忏悔意识。他们说，纳粹的头子希特勒能登上"总理"宝座，是大家即当时的德国民众用选票把他选上的。纳粹党的名称多么好听："国家社会主义工人党"，又是"国家"，又是"社会主义"，又是"工人阶级"，结果民众被迷惑了。他们用最热烈的掌声、最疯狂的呐喊和手中的"民主选票"把一个暴君拥上历史舞台。今天，德国新一代不能忘记这一历史教训，不能忘记民族主义和民粹主义的狂热导致了罪大恶极的法西斯主义。

也许是受德国朋友的感染，我到柏林顾不得去逛大街和博物馆、艺术馆，先去观看郊外的"集中营"。这个集中营规模比不上奥斯维辛集中营，也没有奥斯维辛那么多骇人听闻的血腥故事，但毕竟可以再看一遍集中营的刑具、肤发、机枪和纳粹们如狼似虎的图片以及只剩下一张人皮的犹太人的照片。人类是不可以丧失纳粹集中营的记忆的。丧失，就意味着堕落。倘若集体遗忘，那便是集体堕落。

观看了集中营之后，我们才放心地好好地看了看柏林市，看看发生过著名纵火案的帝国大厦，看看勃兰登堡门和门前的历史性大街，看看让人想起种族灭绝的犹太纪念碑林，看看让德国实现统一的"铁血宰相"俾斯麦的雕塑，看看马克思和恩格斯铜像，看看爱因斯坦曾经在那里教过书的洪堡大学，看看海森喷泉和柏林大教堂，看看闻名于世的博物馆岛和岛上的老馆与新馆。这之间还到波斯坦看看波斯坦风车和无忧宫。奔走了整整四天，才明白柏林不是纽约，不是洛杉矶，不是罗马，不是巴黎，不是东京，不是上海，不是香港，它没有成群的摩天大楼，没有恐龙似的现代大建筑。它仿佛是无数小镇组合成的城邦。它宽广而不密集，博大而无险峻，在城市游走没有高楼的压迫感，反而有乡间的轻松感。我喜欢这种现代城市，只是困惑于三四十年代它怎么成了那个名叫希特勒的巨大野心家的跳梁舞台。第三帝国的中心就在这里吗？帝国的无数咆哮，疯子的一个接一个的杀人指令就是从这里发出的吗？把千百万人的仇恨烈火煽动起来，然后投入血海腥风的司令部就在这里吗？让全人类在二十世纪上半叶经历了两次世界大战，经受了两次死亡大体验的策源地就是那一座大厦、那一道城门和那一个角落里的地下室吗？柏林呵柏林，柏林中心地带的每一座建筑都有一番故事，我在这里阅读柏林这部书，是在阅读野心史、阴谋史、战争史、血腥史、分裂史、统一史。除了这些"史"之外，还阅读了苦难史，犹太人的苦难史。此次柏林之旅，给我留下最深印象的是"犹太博物馆"和"大屠杀纪念碑"，尤其是后者。这不是一座碑，而是由两千七百一十一块水泥石碑组合成的巨大碑群。两千多块石碑，每一块都有零点九五米厚和二点三八米高，全镶嵌在高矮不平的路面上。这是了不起的旷世杰作：了不起的思想，了不起的规模，了不起的建筑。一看就让人惊心动魄，就想起犹太人被屠杀的历史大惨案。在观看瞬间，我本能浮起的意念是：这些石碑是六百万犹太人的鲜血凝成的，这些碑石每一块都在见证人类的耻辱，这些石碑是德国经历了战火的洗劫而留下的良心。因为这不是犹太人建造的，而是德国人建造的。一九九九年德国议会通过决议，决定建造全名为"欧洲被害犹太人纪念碑群"这一历史性纪念场。除了纪念碑之外，这里还有一个地下"信息厅"，将近八百平方米的展厅里展示着犹太人苦难的命运。德国人在自己的国土、自己的都城里建设犹太人被屠杀的纪念碑和他们造成犹太人苦难的纪念厅，用两千多块坚硬的石碑告诉世界：他们犯下的历史罪恶是铁铸的事实，是不容抹杀、不容忘却的事实，必须永远面对这一事实。唯有面对，才不愧是产生过歌德、康德、贝多芬、爱因斯坦的故乡；唯有面对，德国才能重新赢得国家的荣誉和世界的信赖。

在柏林游览了四五天之后，我觉得应当在这里居住一个月、两个月甚至一年，应当读读这里每一座著名的大厦，每一条著名的街道，每一尊不寻常的雕塑。这才是历史，活的历史，真的历史，让每个人都要想到"责任"的历史。时间太短了，最后只能选择去看看分裂为民主德国和联邦德国的那个时代的历史痕迹了。去看看柏林墙，"不到长城非好汉"，不看看柏林墙，能算到过柏林吗？

刘莲看了柏林墙非常兴奋，立即在墙上写下"奔向自由"四个字。柏林墙早已拆除了，留下让人观赏的只剩下大约百米长的墙壁上，被艺术家与旅客涂上的各种图案与文字，小女儿这四个字像四点小水滴汇入大海，恐怕没有人会认真去读一读，但它反映了人类向往自由的天性。如同人类生来就具有爱美的天性一样，爱自由也是一种天性。爱美与爱自由的天性是任何概念、任何学说、任何力量都阻挡不了的。所以，我瞥了一眼柏林墙就升起一个普通的但又是唯一可用的词汇：愚蠢！建筑围墙的当权派多么愚蠢！他们想用一堵围墙堵住千百万自然与自由的心思，想堵住德国人相亲相聚的潮流，这只是一种妄念。如果筑墙者聪明，他们应当给围墙内的人民多一点自由与幸福。自由、幸福等要素才能构成温馨的磁场，才能让人热爱所在地的生活而不去做"突围"的冒险。二战后，德国分裂成两半，这是上帝对德国的惩罚。分裂四十年后，围墙倒下，德国又赢得统一，这是历史给予德国的一种新的期待。是期待"强大"吗？是期待"第四帝国"的兴起吗？不是，伤痕累累的历史所期待的是不要继续东西对峙，是不要再发生战争，是不要让人类再做大规模的死亡体验。

阅读瑞士

这是很美的国家，到过瑞士的人恐怕都会有这种质朴的、直观的认识。在通往苏黎世的公路上，我观赏公路两边的山坡，这是阿尔卑斯山的山坡。山坡上有许多小屋，小屋周边的草坪之青翠和齐整，让人难以相信这是真的。"为什么能修整得如此齐整?"我问。导游说：瑞士的乡村有许多羊。羊除了可以用来挤奶之外，还可以租来吃草。羊是天生的草地"理发师"，它会把草地"吃"得整整齐齐。不到瑞士，真想不到羊还有这种本事，经它们的修剪，方知我们伟大的祖先发明"绿草如茵"一词，真是恰切极了。

瑞士是个最封闭的国家，又是最开放的国家。它很封闭，自我保护意识特别强。它的车辆、门窗、衣帽，甚至钉子与螺丝，都有自己特别的标准与型号，别的国家的同类用具很难取代。十九世纪之前的瑞士，只能给他国提供卫士。一七八九年法国大革命爆发时，护卫着路易十六的卫士与雇佣兵，共有四万人，他们都很勇敢，为国王而战死的官兵很多。路过卢塞恩（Lucerne）的时候，我们特别去观赏一座雕塑在大石壁上的睡狮像，那便是纪念这些卫士的纪念碑。瑞士人至今仍然崇敬这些失败但尽了天职的子弟。

经历中世纪和中世纪之后三四个世纪的贫穷之后，到了十九世纪瑞士开始发展了。这个世界上最小的联邦国家（美国是最大的联邦国家），出现了一群很有智慧的精英，他们觉得自己的国家不可再安于贫穷，必须赶快崛起。精英们没有时间争论意识形态的问题，只是用全副心力寻找崛起的途径，经过寻找与思索，他们决定狠狠抓住"银行"、"钟表"、"钢铁"、"保险"四个大环节，思维格外明晰，目标极其明确，认定了就稍稍发展，"无情"发展。果然卓有成效，瑞士在二十世纪终于成了世界的金融中心、钟表中心、保险业中心。它的银行集中了人世间多少钱财，没有人能算得清，说得清。它的钟表举世无双，却是人人知道。至于它的保险业拥有多大的气魄，恐怕也不是常人所能了解的。惊动世界的炸毁纽约世贸大楼的"九一一事件"发生后，人们才知道瑞士的保险公司要付天文数字的赔偿金。这个国家现在已变成欧洲和世界上最富有的国家，是个人平均工资最高的国家。也只有踏上这片土地，才知道这个国家又是人间最聪明的国家，它严守中立，连欧盟也不参加，绝对不介入人类最残暴又是最愚蠢的行为，即战争行为。不参与战争，这是至高原则。在此大原则之外，它还守住一般国家难以守住的一种绝对原则，即绝对保护个人隐私的原则，保护财富秘密的原则。据说，直到今天，德国纳粹存入瑞士银行的账目都无法"开掘"出来。瑞士的聪明脑袋知道，诚信是最根本的商业原则，也是国家的生命密码。因为可信，资本才选择它作为栖所；因为可靠，它才富有。

阅读捷克

布拉格美极了。早就听说，布拉格和罗马、巴黎是欧洲最美的城市，如今一见，方知名不虚传。无论是从维榭赫拉德看伏尔塔瓦河的水色，还是从莱特那看布拉格的桥梁景观，还是在圣瓦斯拉夫王子的骑士雕像下观赏瓦斯拉夫广场的夜幕，都让人赞叹不已。尤其让我惊讶的是竟有这么多这么美的教堂、礼拜堂和修道院。从十三世纪开始，仅老城区就兴建了近三十座。这些教堂有的是巴洛克式建筑，有的是哥特式建筑，每座建筑都是高级艺术品。可惜对于多数教堂，我们只能瞻仰其外观，唯一能进去观赏的只有圣维特大教堂。这一教堂是布拉格主教的都市教堂，又是历代君王加冕和埋葬的所在地。离大教堂不远是著名的老城市政厅墙上的天文钟，我们在密集的人群里硬挤上一个站立的位置，倾听它在下午五时整发出准确而洪亮的声音。我觉得这是来自天上的上帝的声音，赶快对对自己的手表。这一天文钟闻名全世界，它早在一四七五年就由尼古拉斯·则·卡达涅制成，到了一八六四年又由约瑟夫·马内斯补充制作成天文钟日历盘。

一九九二至一九九三年，我在斯德哥尔摩大学"客座"期间已到过北欧和西欧许多国家，此次到德国开会，决心借此机会来捷克、匈牙利等前社会主义国家看看。由于个人经历的人文背景中积淀过东欧诸国的现代兴亡史，所以对这些地方特别感兴趣。布拉格，布拉格，我不仅买了印有布拉格景色的几十张明信片，而且带来了以布拉格为封面的三本二〇一二年年历。

从欧洲返回美国之后，我仍然一直念念不忘布拉格，觉得此次的捷克之旅很有收获，不仅饱览了欧洲的城市建筑之美，而且明白了为什么捷克在五六十年代会动荡不安，为什么会出现"布拉格之春"和哈维尔思想。这些问题求诸书本恐怕找不到让自己满意的答案，只能自己去看看，一看便知道，一个具有如此深厚的宗教文化的国家，一片被大教堂的雄伟与肃穆熏陶过长久岁月的土地，是很难接受无神论文化尤其是很难接受彻底的唯物主义文化的。列宁和斯大林的思想可以在短暂的历史时间内取得统治地位，但很难在这座城市和这个国度的人民心中扎根。固有的文化太深厚了，新的文化很难在深层结构中取得胜利。上帝、圣母玛利亚、基督、圣徒保罗等的名字一代代地在捷克传颂，这里的孩子刚刚诞生就受洗礼，信仰进入了他们的基因，进入他们的细胞，进入他们的灵魂深处，什么风暴都无法把它卷走。枪炮在他们面前显得毫无力量。我国哲学家老子早就道破"以至柔克至刚"的真理，面对布满布拉格的辉煌的教堂群，我更加深信这一真理。

除了想到捷克深厚的文化积累之外，我还想到，捷克毕竟是个欧洲国家，它位于欧洲中心，受西方文化的影响远远重于受东方文化的影响。它的存在方式是欧洲方式，因此即使它建立了苏维埃式的政权，其政治方式也很难展示斯大林式的钢铁般的极端与强悍。它不可能产生中国式的"文化大革命",也不可能兴建牛棚与出现古拉格群岛。它注定要在东西方两大阵营中彷徨与徘徊。

阅读斯洛伐克

游览了布拉格之后,我们便乘坐大巴士前往斯洛伐克的首都布拉提斯瓦(Bratislava)。行程三百三十公里,驱车六个小时。

斯洛伐克与捷克本是一个国家,一九九三年和平分离了。分离时按人口公平分配了国家财富,如同两兄弟分家,其间的细节我们无从知道。当时的总统是著名的自由知识分子兼艺术家哈维尔,他让公民投票来决定"分"与"合",在此重大历史关头,他的基本指导思想是"人权大于主权",这等于说,个人尊严大于国家尊严。国家分化了,国家没面子,但是有益于每个公民的意志与生活,就只能服从人民的选择。他的思想避免了捷克为了"统一"而战争,避免了相互残杀的灾难。但是,他的这一思想原则对于某些国家来说是不可思议也绝对不能接受的。南斯拉夫分裂时引发了战争,战争之后还是分裂,但捷克与斯洛伐克没有战争,所以叫做"和平分离"。中国家庭中的兄弟分离,难免要大吵大闹,但捷克两兄弟的分离不仅不动干戈,而且也没有大吵大闹,不简单。但对于中国,这是永远无法接受的。

在奔赴布拉提斯瓦的途中，导游介绍说，斯洛伐克人口不多，但布拉提斯瓦保持着完整的宫廷和许多古迹的风貌。而且，这个城市的姑娘是欧洲最美的姑娘，大家可注意欣赏一下。我们到达布城时已接近黄昏，住宿的旅馆的斜对面是德国使馆，使馆背后是小广场和商业区。吃了晚饭后，我和菲亚、林岗、小莲一起去逛一会儿夜晚的街市，看了看导游特别提醒的一处"古迹"：莫扎特曾经住宿过几个晚上的旅馆。商店几乎全都关了门，逛了将近一个小时，只见到三四个人。因太乏味，菲亚与小莲先回旅馆休息了。我和林岗则走到多瑙河边，观赏一下河流的夜色与停泊在岸边的中型游轮，远远可以看到，游轮上的旅客正在享受晚餐。我们在河边散步大约一个小时，看到岸上每隔十米就有一张长长的靠背椅，可供游客坐下欣赏大河的碧波。在灯光下，仔细看看才发现，这是我国赠送给这个国家的礼物。不管怎样，能在多瑙河边上，能在如此寂静的夜间，看到自己祖先创造的刻在异国花园椅子上的方块字，心里总是泛起几丝惊喜。遗憾的是像夜游神一样在大河岸边游走了好久，竟没有遇上任何人，更不用说欧洲最美的姑娘了。说实在话，那个时候，我真想能遇到一位，这种念头绝对"思无邪"，绝对是好奇心。倘若遇上也只会止于审美，甚至是止于一瞥。

　　坐在我国赠送的长椅上，面对闪闪烁烁的灯光和天空中稀疏的星星，我和林岗没有聊天，只是独自在想象分离前后的捷克斯洛伐克，才一千多万人，国家已经很小了，为什么斯洛伐克的人民还那么积极地要与捷克分离，宁可把首都放到这么一个远离繁华的小城？难道分离就为了这么一份孤寂，这么一种宁静吗？想了想，觉得是这样。不错，一定是斯洛伐克质朴的人民，天生就喜欢这种处于世界边缘的宁静。宁静便是和平，便是自在。我国两千多年前的哲学家老子向往"小国寡民"的生活，归根结底，不也是为了宁静，为了远离喧嚣，远离争夺，远离那些流血的战乱吗？斯洛伐克人民是质朴的，他们不做大国梦，不做强国梦，更不做霸国梦。只求按照自己的意愿做好每天的工作，过好每天的日子，在安宁中求得一种自由，这不也是一种价值吗？可惜行色过于匆忙，无法与斯洛伐克人民深入交谈，只能自己在河边冥想与猜想。

阅读奥地利

十一月三日，又见到维也纳。这是我第二次来到维也纳。和上一次（二〇〇〇年）一样，一进入维也纳，就想到音乐，就听到施特劳斯的《蓝色多瑙河》。上一回因为是开会，没有个人行动的自由，这一回，我一定要到莫扎特的故居去看看。我的好奇心还是跳动着，磅礴着。第二次来访奥地利，就是要用尚未衰亡的好奇的眼睛来看看从这片土地上生长出来的天才。上一回只能在维也纳莫扎特的雕像下留个影。这一回一定要到他的故乡萨尔茨堡去拜谒他的故居，他的纪念馆。

十一月四日，一到萨尔茨堡。我就和林岗、菲亚、小莲直奔莫扎特的故居，现在的莫扎特纪念馆每张入门票七欧元，哪怕是七十欧元，我也会进去看看。莫扎特的童年、少年时代，还有一部分青年时代，就在这座房子里度过。在这里整整二十六年。展馆不大，遗物也不多，他死得太早，生命期太短，幸而，展馆里还留着他的一些手迹和用过的钢琴。我在手迹前呆看着，觉得眼前这些符号、这些歌谱太神奇，他竟然是人间最美妙的歌音。有一个玻璃柜里珍藏着一小撮他的头发。莫扎特在维也纳时穷困潦倒，死后连葬身之地都不知道在什么地方，幸而还有这几丝头发证明天才活着的时候和凡人一样。最让我激动不已的是另一个玻璃专柜所藏的一枚戒指。这是他的"魔戒"吗？莫扎特八岁时就创作了第一支交响乐，十岁则创作了第一部歌剧。而在十四至十六岁之间，他的三部歌剧就在米兰上演。这之前，他还在日耳曼十几个小邦的首府和维也纳、巴黎、伦敦等地巡回演出，轰动欧洲，震惊了无数听众。有些听众听了演奏后难以置信，以为他手上戴的戒指是"魔戒"，竟想夺下他的"魔戒"。他只活了三十五年，但他献给人类世界二十二部歌剧，四十九部交响乐，二十九首钢琴协奏曲，六十七首合唱曲、咏叹调和独唱歌曲，共完成七百五十四件作品。这样的天才难以解释，难怪人们会想到可能是神魔的操作。

　　拜谒了天才的故居之后，才知道天才准确的摇篮地是葛特莱德街九号，其诞辰是一七五六年一月二十七日，其全名为沃夫冈·阿马迪斯·莫扎特。英文为 Wolfgang Amadeus Mozart。他的父亲担任过大教堂的乐队指挥，租贷了此处第三层楼为住所。

参观了莫扎特故居后只剩下一个小时的时间，我们立刻跑到小山坡去看一眼利奥波德克隆（Leopoldskron）宫殿和月亮湖（Mondsee）教堂。前者是《音乐之声》的女主角玛利亚与男爵乔治一起跳舞的地方，后者是他们的结婚礼堂。还有一个名叫农贝（Nonnberg）的教堂，是玛利亚当修女的地方，我们已经无暇观赏了。

我一直把城市划分为有灵魂的城市和没有灵魂的城市。萨尔茨堡虽小，人口只有十几万，属于奥地利西部小城，但它绝对拥有灵魂，这灵魂便是音乐。

阅读匈牙利

一到布达佩斯，我们就走上渔人岛，然后在那里俯瞰全城的风貌。

美极了！我们几乎不约而同地喊出声来。蓝色的多瑙河如此宽阔，如此平静，她抱着"布达"与"佩斯"，不是把两城分开，而是把两城合为一璧，构成一种既古典又现代、既豪华又古朴、既有高楼钟鼎又有山光水色的错落有致的城市。"比布拉格还美！"小莲感叹说。我回应说：布拉格更像罗马，布达佩斯更像巴黎。巴黎城中的大河是塞纳-马恩河，布达佩斯城中的大河是多瑙河。大河使现代大都市得到一片喘息的空间，它不仅有观赏价值，而且有缓冲、平衡价值。今年我走过首尔、广州、深圳、成都等城市，觉得这些地方全都"过度城市化"，高楼大厦过于密集，无论从哪个视角看，都有压迫感。不像在渔人岛看布达佩斯，愈看愈轻松，愈看愈舒畅。

经导游介绍，才知道多瑙河竟有三十公里的河段位于布达佩斯区域。通过船只，它可以联系八个国家。中国天才的祖先发明了"四通八达"这个词，用在这里倒是极为恰切。仔细观览一下，可以看到布达佩斯最重要、最美丽的建筑都立于多瑙河的两岸，这才让我们明白，多瑙河乃是布达佩斯的生命河、生命线。保护住这条大河的清洁、干净、流畅，就是保卫住匈牙利这个国家的血脉。第二次世界大战时，人类世界中的败类，竟然忍心在这个地方投下炸弹、炮弹，竟然炸毁了城堡区一百七十座建筑物中的一百六十六座，只遗下四座幸存。但是有这条生命河与母亲河在，匈牙利人民不屈不挠地进行重建，终于恢复了城市的风貌。面对如此美景，我心里不停地诅咒战争。残酷的战火，贪婪的争夺，居然使一部分人丧失"不忍之心"，使人在埋葬"美"的时候，没有心理障碍。敢在布达佩斯投下炸弹的家伙，肯定是人类的渣滓。

在一个大城市中感受不到喧嚣、浮躁与杂乱，这已经够愉快了。没想到，导游还在晚上安排我们去喝匈牙利的乡村啤酒和观看乡村舞蹈。我本不喝酒，但经不住醇正香味的诱惑，还是喝了两大杯。而台上的舞者又特别纯朴，她们走到台下邀请客人跳舞，我婉辞后林岗和小莲均盛情难却，走到台上跳了好几圈。我问穿着匈牙利民族服装的服务员：二十年前也有这种啤酒店这种氛围吗？他回答说：有。匈牙利毕竟是欧洲国家，有自由传统，即便是墙上挂着列宁像的时代，这里还是不同于东方的国度，还是照样生活。服务员这番话，真有文化，它让我想起白天看到的自由女神像和自由桥以及裴多菲"生命诚可贵，爱情价更高。若为自由故，两者皆可抛"的诗句。匈牙利既有宗教文化底蕴，又有欧洲自由文化底蕴，所以它不仅外部很美，内里也很美。晚餐中吃到它的鹅肝，觉得它的味道绝不逊于巴黎。

阅读列支敦士登

在从奥地利奔向瑞士的途中，我们意外地增加了一个游览国，这就是列支敦士登。可惜只能在路经的途中观赏。幸而车子开得特别慢，可让我们一瞥又一瞥。

列支敦士登虽小，但我对它却有浓厚的兴趣，这也许是因为好奇心不死，是想知道这个面积只有一百六十平方公里、人口只有三万四千多人的小国有着怎样的存在方式。导游在路过的二十几分钟里如数家珍地介绍它，我则一字不漏地记在心里。边听边看，边看边听，进入瑞士国土时，我终于明白：这个袖珍小国乃是躲藏的天堂。

天堂躲藏在山水之间。山是阿尔卑斯山，水是莱茵河。难怪列国的国歌就叫做《在年轻的莱茵河上》。从车上看到清澈的莱茵河水蜿蜒北上，看到河边的如茵绿草和各色鲜花，再看看静谧的远山，真觉得置身世外。大巴行驶了二十分钟，竟看不到红绿灯，也看不到任何警察与岗哨。让我感到惊喜的是居然看到一对男女在河边散步，男的带着细毛呢帽，穿着短上衣和紧身裤，女的穿着深深皱格的连衣裙，也戴着帽子。我想，这正是列支敦士登典型的民族服装。

尽管在中学的地理课里就知道"列支敦士登"这个国名，也知道它的首都叫做"瓦杜兹"，并知道它是一个德语国家，天主教国家，在瑞士与奥地利夹缝中生存的双重内陆国家，但不知道它是人均 GDP 十五万美元以上的、名列世界第一的富裕国家。感谢导游告诉我们这一点，他比中学地理老师知道得更多，他说，因为均富水平太高，所以几乎没有小偷和盗贼，也没有流氓，犯罪率几乎等于零。这就是说，这个小国家的居民拥有最高的安全感。每个星期日，整个国家都充满节日气氛。男男女女穿着节日的盛装，捧着鲜花，或上教堂，或拜圣地，或与邻人相聚喝酒唱歌跳舞。他们尤其酷爱音乐，每个乡村都有自己的小型管弦乐团或管弦乐队。他们的娱乐虽属古老方式，但也不缺少"浪漫"，据说，寂寞的男子有时也会在自己的门边或窗户里插上一朵"红玫瑰"，表示家中的主妇此刻不在，欢迎女士们来访。倘若插上别的颜色的异样花朵，则表示现在谢绝来访。这是在车上与别的乘客交谈时得到的趣闻，未经考证，读者姑且听之。

我最感兴趣的是，这个国家有教育吗？有大学有中学有小学吗？导游答道：有中学、小学，而且平均教育水平很高。小学五年全是义务教育，为了让孩子身心健康愉快，小学期间完全没有分数评比制度，这实在是非常高明的教育方针。儿童时代能够养成好的学习兴趣就好了，干嘛要给孩子那么多压力。别小看这个小国，它也有大智慧哩。小学毕业后便自动晋级到中学，第一年学德语，第二年学法语，第三年学英语。这又是很聪明的安排，小国不能把自己困死，只有掌握多种语言才能赢得广阔天地。学外语之外自然也学数学、物理、生物、历史等课程。中学十年毕业前必须接受毕业考，及格者方可转入瑞士、奥地利或德国的大学。列支敦士登境内没有综合性大学，但有专业工程大学、法政社经教学研究院和国际哲学学院。

列支敦士登有它的聪明，也有它的"狡猾"，它之所以能变成一个富国，正是因为它有赚钱的狡猾。它知道富人最想干的一件事，就是"逃税"，于是，它便成了"逃税天堂"。它的狡猾就是"绝对保密"。名为保护"隐私"，实为保护黑钱并在黑钱中得利。列支敦士登，国家太小，在世界地图中几乎看不见。小有小的好处，它容易被忽略，世上的警察英雄们恐怕懒得去理会这个小国度，所以富人们把钱放在那里反而很放心。列支敦士登与世无争，大约没有什么大意识形态，只要有钱赚就好，前些年它的精英们甚至想出一种怪招，主张国土可以租借给他国，一天七万美元。这是一种彻底的功利主义，很难被我们这些爱国主义者理解。

（二〇一一年十二月八日于美国）

又见欧洲

一

　　一九八七年，我作为中国作家代表团的成员，第一次见到欧洲，那是在法国。可惜那是集体性的访问活动，无论是观看巴黎还是其他城市，都没有张开个人的心灵眼睛，回国后对朋友说，此次是眯着眼看巴黎，以后还要张大眼睛去看看。没想到，我与欧洲这么有缘，第二年我又到了瑞典，那是去观赏诺贝尔奖的颁奖仪式。第三年又路经巴黎（逗留了一个月）到美国，以后又四次来到这个法兰西的都城。每次到巴黎，都到卢浮宫沉浸一两天，最高兴的是两次，由好友高行健和范曾分别做伴。他们是艺术家，对卢浮宫的雕塑、绘画如数家珍，他们告诉我，从十六世纪弗朗索瓦一世搜集各国的艺术品开始，到了路易十三、十四，卢浮宫已经成了世界一流的艺术馆阁。看了卢浮宫之后，才发现美国离卢浮宫很远。美利坚合众国虽然伟大，但它几乎没有历史。在美国，可以见到数不清的高楼大厦、豪华住宅，但都没有故事，可是欧洲的许多楼阁建筑，都有一番故事。卢浮宫本身的故事就可以从十三世纪法王菲利普六世在塞纳-马恩河边建构堡垒讲起。而卢浮宫内的艺术品，每一件都蕴含一个故事，都呈现了一部分人类的审美趣味史。

　　坐在小广场的喷水池边，面对卢浮宫，我曾思考，我们所居住的这个地球，最伟大的人文传统在哪里？我想，一个是欧洲的人文传统，一个是中国的人文传统。卢浮宫只是欧洲人文传统的一扇门窗，它不是全部，但它辐射着这个传统的无比辉煌。而中国的人文传统，多半凝聚在文字上，缺少大规模的博物馆，尤其是艺术博物馆。宫殿只属于帝王将相。宫廷的字画古玩也缺少国际性。历来帝王征服了那么多土地，最关心的还是自己游玩的御花园。慈禧太后非常聪明，但她只会想到兴建颐和园的帝王游乐园，不会想到建筑一个集中人类天才创造物的卢浮宫。我国的帝王们不了解，一个人的内心深处积淀下颐和园与积淀下卢浮宫是很不相同的，我想告诉慈禧太后这些亡灵：我，一个中国的学子，当他的内心积淀下维纳斯与蒙娜丽莎，当他积淀下从古希腊到梵高、莫奈的艺术品之后，心里平静丰富多了；五千年文明的长河流过地球的各个角落，冲洗了荣华富贵，却留下闪光的艺术。一切都会过去，唯有美的精品永在人间，人生可以向颐和园靠近，也可以向卢浮宫靠近。这是两种截然不同的心灵方向。拿破仑四处征服，凯旋的时候，他不是带回俘虏和金银财宝，而是带来稀有的艺术品。一七九三年他就把卢浮宫变成一个正式的大博物馆了。据说仅拿破仑一次就捐赠了四十万件宝物。现在摆设在展馆里的两万多件展品，全是宝中之宝。艺术宝物的特点是精致之极，而且每样艺术品都如此不同。我以往只知道有一个读不完的莎士比亚，到了巴黎后，才知道还有一个看不尽的卢浮宫。后来又知道，卢浮宫不仅要看，而且要读，因为几乎每一样作品都有来历，都有一段美丽或神秘的传说。最后，我又明白，卢浮宫不仅属于法国，而且属于全人类，这里凝聚着全人类的天才智慧，也凝聚着全人类的创造历史。在这里观赏艺术，也在这里观赏历史。这里有大约公元前两千五百年的古埃及书记官的雕像，有古希腊、古罗马、古波斯、古中国的各种艺术精品，每样精品都在见证历史和诉说历史。最珍贵的艺术品都抢到自己的祖国和卢浮宫，我们永远也不会仰视拿破仑那征服者的骄傲，但知道这个法国帝王，拥有大聪明，他了解人世间最有价值的是什么，他该给自己的国家积累些什么，该给法兰西人的心里留下些什么。

二

从一九九二年八月到一九九三年八月，我应罗多弼教授的邀请，到斯德哥尔摩大学东亚系"客座"一年。当时，我就想游览全欧洲，特别是想进入法国之外的其他艺术之城与人文之城。但是，因为教学与写作占据太多时间，我只到荷兰、丹麦、挪威、德国、俄罗斯等处，虽写下了一些游记，还是遗憾自己走的地方太少。这种遗憾，到一九九九年游走奥地利、英国、西班牙和二〇〇五年游走意大利、梵蒂冈、圣马力诺、摩纳哥之后才消除。到这些地方，我的心境很特别，这大约是攀登珠穆朗玛峰的登山运动员的心境。在我心目中，大自然的珠峰屹立在我国的西藏高原，那个白雪覆盖的尖顶，我永远无法抵达。但艺术、文学、人文的珠峰在欧洲，那些标志人类精神价值创造最高水平的巅峰在佛罗伦萨、威尼斯、罗马、伦敦、米兰、梵蒂冈、维也纳等处。米开朗基罗、达·芬奇、拉斐尔还有荷马、但丁、莎士比亚、歌德、托尔斯泰等名字，都是我心中的珠穆朗玛。去英国之前，我就想着，那里也有我的珠穆朗玛峰，只是在那个国度里，它的名字叫做莎士比亚。还有另一个珠峰，叫做西敏寺，这座教堂里安息着牛顿、达尔文、狄更斯的伟大亡灵，我一定要踏上教堂的地板，让自己的脚心和整个身心与这些伟大亡灵共振一次脉搏。果然，我和李泽厚兄一起踏进莎士比亚的故乡（埃文河畔的斯特拉特福），尤其是踏进他的卧室，在排长队签名的瞬间，我几乎要晕倒在那个古旧的楼阁上。看看那张简陋的睡床，看看脚下的地板，我几乎觉得自己在做梦。从少年时代就开始膜拜与崇仰的莎士比亚，就睡在这里吗？这个地方，这座木头小楼阁，就是诞生《哈姆雷特》、《奥赛罗》、《罗密欧与朱丽叶》的地方吗？签名的队伍从楼下排到楼上，陪同的朋友说，这里每天都像朝圣，每天都得排队。"朝圣"，这个概念用得太好太准确了。我就是来朝圣

121

的，我是东方的文学信徒，从小就信仰文学，信仰真、善、美，我知道对于文学仅有兴趣是不够的，还必须有信仰。莎士比亚就是我的神，我的圣人，我的信仰。在小楼底层，来访者挤得密密麻麻，我在人群中再次感到晕眩，我眼睛看着玻璃橱里的遗物，心里又浮上奥菲莉娅、苔丝德蒙娜……整整两个小时，我就像登上珠穆朗玛峰顶的运动员，被八千多米的高山大雪刮得难以站稳。到达这里的前几年，我就出版了《西寻故乡》一书，此刻我见到的莎士比亚故居，也是我的一处故乡。那个十五岁踏进福建国光中学的少年，那个名字叫做刘再复的少年，他的人生就是从朱生豪翻译的《莎士比亚戏剧集》出发的。当他打开了《哈姆雷特》的第一章，他的整个心灵就属于莎士比亚了，他的永恒家园就已确定了。他读莎士比亚比读曹雪芹还早，两位天才都是他的故乡。不错，苔丝德蒙娜、奥菲莉娅对于我就跟林黛玉和晴雯一样亲切，她们全是我青年时代的姐妹与伴侣。在我的人生中没有比她们更亲的恋人。就在莎士比亚的故居里，我决定还要去看望朱丽叶与罗密欧。果然，二〇〇五年我和妻子菲亚、女儿刘莲来到意大利的维罗纳，并在这里住宿了一个夜晚。这座城市里有朱丽叶纪念馆。我们带着仆仆风尘走到朱丽叶的全身铜像前，这座铜像被无数多情男女的手抚摸得闪闪发亮。千万张纸条贴在这个罗密欧与朱丽叶相会的庭院里，我读了一些充满痴情的寄语与诗语之后也激情燃烧，和朱丽叶一起照了相。刘莲更是照了一张又一张。至真的情感永远是美丽的，人间最后的实在毕竟是情感，我崇尚这对为情而死的"情圣"，他们一起为人间留下真，留下美，留下超越家族对立的性情，不仅是浪漫。

拜谒莎士比亚故居的心愿完成之后，我兴奋了好久。故居里所有的纪念品，从邮票、像章、钢笔、钥匙链到明信片、图片，我全买了，而且从欧洲一直玩赏到美国。放下这些纪念物，我就盘算着下一回应去攀登米开朗基罗高峰了，这个愿望直到二〇〇五年才实现。二〇〇五年一月，法国普罗旺斯大学召开高行健国际学术讨论会，正在写作发言稿时，行健邀请我会后去巴黎小住几天，然后由他安排到意大利旅游十天。这正符合我观赏艺术珠峰的期待，从二月四日到十一日，我和菲亚、小莲就路经里昂，然后到戛纳、尼斯、摩纳哥、佛罗伦萨、威尼斯、比萨、米兰、罗马、梵蒂冈、圣马力诺等处，展开日夜兼程的艺术之旅。二月八日，我们来到梵蒂冈的圣彼得大教堂，仰天观赏一百二十八英尺高处天蓬画所展示的伟大场面，在米开朗基罗这幅天才的巨画里，九个大场面分布在九大框格之中，曾经在书本里看过的上帝"真身"和亚当夏娃"真身"（我不信另有真身）就在上头，带着白胡子的上帝一手拥着夏娃，（手指还触到另一个女婴），一只手伸向注视着他的亚当。伟大的神圣手指已触到他所创造的第一生命的人间手指，亚当的眼睛既与大慈悲的天父眼睛相遇，也与夏娃的眼睛相逢，唯有女婴好奇地看着无边的未来。这是《创世记》的一幕，惊天动地的人类诞生的伟大时刻，充满慈爱、充满光明与充满生命气息的情景，就从这一刻开始。这之后便是生活的图画。米开朗基罗按照《旧约》的精神展示，人类的生活绝非一帆风顺，滔天洪水的强大，人性本身的脆弱，亚当的醉酒，夏娃的觅食，婴儿的天真与母亲的微笑，天帝的刚毅和诺亚方舟的拥挤，三百多人物的悲喜歌哭全交织在天才的笔下，沿着九局画面绕了一圈，时而感到惊喜，时而感到恐惧，时而感到迷惘。最后只是赞叹：人很美丽，但并不是所有的人都那么好。整幅巨卷暗示，人类不可以须臾离开自己的父亲。

米开朗基罗用了四年半的时间独自完成这幅天上人间的第一巨卷，从一五〇八年到一五一二年，他投入了全部生命，躺在鹰架上作画，胡须朝向天空，头颅扭向肩膀，画笔的彩色汁液滴落在他的脸上。腰身向腹部伸缩，一千六百多天的辛苦劳作把他的身体变形了，后身变短，前身变长，连眼睛也变样，读书看字必须把书放在头顶上。米开朗基罗具有超人的天才，更是具有超人的勤奋和毅力，而且还具有一种哪怕是《圣经》也无法牵制他的独创力量。按照《旧约》的原意，上帝造人是上帝往亚当的鼻子吹了气，但他大胆地改为用手指向亚当传递灵魂与生命，这一改变，使上帝与亚当的形象显得从容自然，也使得夏娃与亚当各自找到最恰当的位置。

在梵蒂冈观赏艺术巅峰之后，我便在城中观赏罗马的共和国广场和帝国废墟，当年的帝国已经不在，我们参观的只是帝国的空壳，有如观赏恐龙的骨架。不错，只是骨架，有的业已装修，有的则保持原样。恐龙骨架体系中最引人注目的是斗兽场和斗兽场旁边的罗马最大的凯旋门——君士坦丁凯旋门（Arco di Constantino）。此门建于公元三一二年，由三个拱门组成。门上的浮雕据说是照搬了图拉真大帝和哈德良大帝凯旋门的浮雕，没有自己的艺术创造。与凯旋门为邻的是斗兽场。这个血腥搏击场建立之初，即公元一世纪的七八十年代，就有两千个奴隶与武士死于对手与野兽的刀剑与牙齿之下，帝国的暴君以欣赏血腥战斗与死亡为乐，这也是欧洲历史极其黑暗的一页。以残暴为美，这种病态心理，在当代世界消失了吗？罗马帝国灭亡了，但病态心理并没有消亡。

从罗马出发，我们又到佛罗伦萨、比萨、米兰和威尼斯。在佛罗伦萨米开朗基罗广场的大卫像下，我意识到，伟大的文艺复兴运动从这个城市兴起已是公元十四世纪。距离罗马帝国的竞技场建立的时间竟有一千三百年，在中世纪的宗教统治期间，西方人类经历了漫长的黑暗。尽管文艺复兴运动在佛罗伦萨这个地方摆开了战阵，但是，西方的人的尊严意识毕竟从此崛起。他们在回归希腊的口号与策略下，再次展开天才创造的辉煌。欧洲在希腊时期向人类世界提供了苏格拉底、柏拉图、亚里士多德，还提供了《荷马史诗》和《俄狄浦斯王》等不朽悲剧。佛罗伦萨发出文艺复兴的曙光之后，欧洲从十四世纪到十九世纪又向世界提供了一大群的天才和伟大创造物。十四世纪，它提供了米开朗基罗、达·芬奇和拉斐尔；十七世纪，它提供了斯宾诺莎；十八世纪，它提供了洛克、孟德斯鸠、卢梭、伏尔泰与大百科全书群体。到了十九世纪，欧洲更了不起。这是个群星灿烂的世纪。在德国出现了高于柏拉图与亚里士多德的哲学巅峰康德，还出现了马克思、黑格尔等高峰。这个世纪的德国很了不得，不仅哲学第一，而且艺术也第一（康有为语），康德之外有歌德与贝多芬。人文的珠穆朗玛峰移向德意志的土地。在法国，为人类世界提供了巴尔扎克与雨果；在英国，提供了牛顿、达尔文和亚当·斯密；而在俄罗斯这个吸收西欧文明的幅员辽阔的大国，则给人类世界提供了托尔斯泰与陀思妥耶夫斯基，这又是文学的珠峰。十八、十九世纪是欧洲的世纪，难怪那么多人要认它为地球的中心。不过平心而论，十九世纪的欧洲，是无愧于被称作世界的中心的。可是，没想到，就在这些人类文明最发达的地方，在二十世纪策动了两次血腥的世界战争，而且出现了反人性的两大现象：纳粹现象与古拉格群岛现象。为什么产生启蒙理性的欧洲却发生最不理性的疯狂？为什么近现代文明的策源地变成了战争的策源地？德国，这个创造哲学巅峰的国家出了个几乎把地球置于死地的头号疯子希特勒，这又是为什么？战火烧焦了土地，奥斯维辛集中营埋葬了人类生活的诗意，于是，怀疑产生了，针对理性崇拜的解构思潮产生了。现代主义思潮针对文艺复兴思潮对人的讴歌，提出"人没有那么好"的反命题。荒诞变成二十世纪西方的重大产品，于是，荒诞戏剧与荒诞小说从此勃兴。二战的战火停息之后，我们再回望欧洲，便注意到，欧洲不仅给世界提供了米开朗基罗、莎士比亚与康德，也提供了凯撒与拿破仑、希特勒与斯大林。卢浮宫与奥斯维辛集中营都在欧罗巴土地上。

三

登临了欧洲的艺术巅峰，观赏了文艺复兴时期及其之后几个世纪的天才创造，不能不敬佩，不能不叹为观止，也不由得要感慨：二十世纪的欧洲艺术与十九世纪及之前的若干世纪相比，真是大倒退。

为什么倒退，在游历欧洲的旅程中也找到了一些答案。在梵蒂冈见到米开朗基罗的雄伟杰作时，也同时了解了那个时代有一位支持他的教皇。教皇给他时间，给他多年精心制作的可能。假如教皇是个急功近利之辈，米开朗基罗就不可能有此伟大的雕塑完成。在佛罗伦萨又见到米开朗基罗的雕塑和众多天才的杰作，但就在大卫的雕像下，我听到一位来自英国的画家说：要不是当时佛罗伦萨的领主美第奇家族（House of Medici）热爱艺术，领主变成艺术的最大赞助人与领引人，要不是他们在统治佛罗伦萨时资助了大批艺术家，就不会有佛罗伦萨的艺术辉煌与人文辉煌。我则说，二十世纪的欧洲艺术质量倒退了，因为艺术家失去了从容，失去了美第奇式的知音与靠山，他们必须靠市场养活自己。可是市场只讲实用与效率。一般的商人没有真正的审美的眼睛。艺术家为了赢得市场，只能在

"创新"的名义下别出心裁地胡乱翻新，炫人耳目。急功近利的当代市场可以用吓人的天价买下梵高的绘画，但无法造就新的米开朗基罗、达·芬奇和拉斐尔了。唉，欧洲，你的艺术巅峰时代已经过去，此时此刻，世俗的激情已取代对神的爱也取代对艺术的崇仰，我不知道欧洲还会不会有第二次的文艺复兴。我在这里做梦，也仅能以此真实的梦献给我喜爱的欧罗巴大地！

欧洲两大游览处批判

凯旋门批判

在欧洲已游览了十几个国家，几乎每个国家都让我喜欢，也让我愈来愈增长对人类的钦佩。人真了不起。人才是精神万物的创造者。这么美的城市，这么美的海港，这么美的山间别墅，这么美的教堂与博物馆，全都美不胜收，全都让人产生对人间的眷恋。但有三样东西引起我的质疑：一是罗马与巴黎的凯旋门；二是罗马的古代竞技场（斗兽场）；三是西班牙的斗牛场。

第一次见到凯旋门是在一九八七年访问巴黎的时候。因为我是中国作家代表团的成员，所以受到特别热烈的接待。主人带我们去枫丹白露大街、德尔尼大街游逛，还带我们参观埃菲尔铁塔、罗丹纪念馆、凯旋门等处。参观完主人带着自豪感客气地问我有何感想。主人是真诚的，所以我也报以真诚。于是，我说："法国把雅文化与俗文化都推向极致，都让我吃惊。雅文化的代表是卢浮宫，太美太丰富太了不起了，一辈子也看不够。俗文化的代表是红灯区，一条大街十里长廊，各种肤色的女人弄姿搔首，气魄真大，把我吓得心惊肉跳。"主人听到这里，憋不住情感，他打断我的话，客气地反驳说："你的祖国在明代末年，在《金瓶梅》时代，不也是很开放的吗？不也是有很大的红灯区吗？只是你们不叫红灯区，是叫什么来着？"我没有与主人争辩，继续说："还有一个问题是需要请教你们了。贵国的凯旋门，就建筑而言，确实很美，凯旋门的名字也很好听，可是，你们想过没有？凯旋门是庆祝战争的胜利，是战胜归来的纪念碑，可是战争是相互残杀，胜利的一方也杀人呀。"主人这回脸涨红了，他大约未曾听过这种批评，心理准备不足，一时语塞。我便继续说下去："战争不是好东西，两千多年前我国的大思想家老子就说过：'兵者，凶器也。''大兵之后，必有凶年。'战争，就是杀人杀人再杀人，流血流血再流血，失败者杀人，胜利者也杀人，所以我们的先贤老子就教导说，胜利了别高兴，应当'胜而不美'，所以，从境界上说，凯旋门文化就不如《道德经》文化高。"法国朋友的脸涨得更红了。但因为领队催着我们回旅馆，未能听到他的答辩。那日我很亢奋，但绝不是刻意在表现自己的"爱国情怀"，我真的从内心深处觉得老子的思想了不起，也从思想深处觉得凯旋门文化乃是一种"胜而自美"的文化，这种"胜而自美"的文化与我国老子《道德经》中所呼唤的"胜而不美"的文化的大思路正好相反。进行了血腥的战争而遍地横尸之后是举行庆功典礼还是举行哀悼葬礼，这是不同的政治选择，也是不同的人性方向。对此，我国的老子选择了"以丧礼处之"，我觉得，这才是大慈悲，这才是真人道。这是多么了不起的思想，他在两千多年前就占领了人道思想的世界制高点。当然，我也知道，我们中国在老子之后的两千多年历史上，也很少有帝王将相和英雄豪杰能做到"胜而不美"。我批评过武松血洗鸳鸯楼时除了杀掉蒋门神等三个仇人外，还多杀了十二人，连马夫与小丫鬟都不放过，尤其让我难以接受的是，他杀得遍地横尸以后还用布蘸血在墙上骄傲地写道："杀人者，打虎武松也！"这是典型的"胜而自美"，典型的自我凯旋与自我庆功，我不知道什么时候，我的祖国人民才能抵达老子指示的境界。我在法国友人面前质疑凯旋门文化，只是和友人共勉，并非自炫。

一九八七年到巴黎时，我忘了凯旋门的历史，忘了凯旋门并非法国人的原创。凯旋门的始作俑者，不是巴黎，而是罗马。

二〇〇五年，我到罗马时，除了观览斗兽场之外，还特别仔细地看了看斗兽场旁边的罗马最大的凯旋门君士坦丁凯旋门。此门建于公元三一二年。"征服"，这是罗马帝国的主题，罗马帝国的骄傲，斗兽场既是征服"兽"的表演，也是征服"人"的表演。谁胜利谁就是英雄，谁失败谁就活该被杀死。失败连着耻辱与死亡。斗兽场上最有力量的人，也是最大的杀手。这是罗马帝国的缩影，它的凯旋门是为"征服"庆功，也是为最大的杀手庆功。

西方文化有极其宝贵的部分，但也有不那么宝贵的部分，罗马、巴黎的凯旋门文化，就不那么宝贵，至少在我的心目中，它只有美丽的空壳。至于内里所涵盖的内容，我则闻到它的血腥味。正因为有此嗅觉，我才把老子所指明的"复归于婴儿"看作人生的凯旋，再也不崇拜力量，只崇拜心灵婴儿般的扬弃征服也扬弃贪婪的心灵。

西班牙斗牛场批判

到了西班牙的巴塞罗那，和李泽厚兄一起看了一场斗牛游戏，这才明白，罗马的斗兽场已在这里变形。此次和泽厚兄一起游览奥地利、英国。最后一站是地中海边上的浪漫之国西班牙。在伦敦时，我们得知好友许子东、陈燕华和他们的宝贝女儿多多刚到马德里，我们可以在那里会合，然后一起去观赏具有原始风情的弗拉门戈舞、斗牛和藏有戈雅画杰作的艺术博物馆。可惜马德里没有斗牛游戏，也未能看到西班牙歌舞，只游览了马德里宫、托伦多古堡，幸而还有普拉多美术馆（The Prado Museum）在。这座馆阁原是一七八五年查理三世时建立的自然科学博物馆，一八一九年才由费迪南德三世改为画廊，经一百八十年的积累，馆中的一百间展室已藏满西班牙绘画的精华，仅戈雅就有油画一百一十四件，素描四百八十五件。我很喜欢戈雅的画，不管是写实的还是写意的都喜欢。临走时买了他的《穿睡衣的玛哈》，这个画中人似乎也是我的梦中人。

子东、燕华还有自己的旅程，我和泽厚兄就一起到地中海边上的巴塞罗那，这个城市的名字我早已熟悉，是因为它在前些年曾举办过奥运会，当时就觉得它在西班牙的地位相当于中国的上海，选择这个城市游玩，主要是想看斗牛。泽厚兄说，专程来看斗牛，要买最好的票，可以坐在最前边。票分三等，一等票相当于一百美元。那天观众很少，坐席的百分之六十都空着，于是我们便坐在第一排的最好位置上。人与牛就在眼皮下，斗牛士衣服上的花纹、纽扣、皮带，战牛身上的鬃毛、双角、足蹄，全都看得一清二楚。也许坐得太近，缺少"审美"距离，便亲眼看到鲜血从牛的身上喷出，溅落，然后消失在细沙里，也活生生地看到斗牛士把利剑插进黑牛的要害处，最后还看到斗牛士把倒在地下的牛的耳朵割下，然后拿着还在微微颤动的耳朵向观众致意。以往曾在电视电影里看斗牛，看到的其实不是"斗牛"，而是"逗牛"。是斗牛士拿着一块大红披肩，在欢快的音乐伴奏中挑逗傻乎乎的黑牛，黑牛和斗牛士的一冲一闪，一横一竖，刚柔结合，很有节奏，甚至很有诗意。可是这一回的近距离观照，却完全打破我的诗意印象。两个小时左右，我看到的完全是血腥的游戏。人和牛都是生命，在此生命的较量中，两者是不平等的。斗牛士有护身盔衣，骑的马也有护甲，只有牛是赤身裸体；斗牛士拥有长矛和短剑等武器，牛则"赤手空拳"。人对牛是不讲"费厄泼赖"的。人实在太聪明，在拿着大红披肩"逗牛"之前，他们已经把牛的元气剥夺殆尽了。我们在电视屏幕上看到的"斗牛"表演，其实，那牛早已被折磨得筋疲力尽了。此次近看，才看清了斗牛的"程序"与"细节"。原来。斗牛的第一程序是"消耗战"。斗士先充当骑士，他骑着蒙住双眼的骏马，马的身上裹着厚厚的护甲，斗士轻扬红布披肩。气势汹汹的牛冲撞过来，却只撞到马的护甲，而斗士却趁机用长矛往牛身上猛刺。我因为坐得近，便清楚地看到血从牛的身上喷射出来，场上观众见到"血柱"，顿时发出一片喝彩。黑牛连中几"枪"后，才进入第二程序。这时另一位手执短剑的斗士准备和牛进行一场"短兵相接"，也因为距离近，我看清短剑的剑头带着可怕的钩，因此，一旦相搏，立即就可把牛"肉"钩住。已经被长矛刺得满身鲜血的牛在新的"战斗"中，每次冲锋过来，都挨了短剑的钩刺，五六个回合后，牛背挂上了五六支短剑。黑牛大约感到疼痛，拼命摇动身躯，想甩掉背上的"芒刺"，然而，愈是晃动，便愈是丧失气力。此时，号角响起，场上一片欢呼，原来，斗牛进入第三程序，即真正的斗牛戏开始了。斗士一手拿着鲜艳的红巾，一手拿着犀利的宝剑，又与遍体鳞伤的黑牛展开激战。黑牛照样冲锋，一边流血，一边战斗。斗士在周旋中看准空当，举起宝剑，对准要害猛刺，这致命的一剑，穿越后脑，直捣心脏。那天，我看到斗士第一剑没有刺中，牛未倒下，斗士很快又补上第二剑，这一剑又准又狠又深，一直插入心脏，黑牛终于倒地，场上的观众才起立欢呼。这个时候，斗士才算旗开得胜。在欢呼声中，一些浪漫的女性观众还给斗牛士送飞吻，扔手帕，斗士捡起手帕，深深鞠躬，彬彬有礼地再现一下中世纪那种崇敬妇人的骑士风度。此次观赏四场激战，每场激战，都要杀死一头牛，四场四头。斗牛场早已准备好拖拉牛尸的车架。

　　终于看到了最真实的斗牛场面。以往看到的是红面黄底的大披肩，这回看到的是鲜血淋淋；以往看到的是牛的凶猛，这回才看到了人的狡猾；以往看到的是假相，这次看到的是实相。看完后，泽厚兄说，不能再看第二次了。走出表演场，我们一路上又谈观感，他感慨地说，不同民族的文化心理差别真大。中国人恐怕不会喜欢，印度人更受不了。我说，凡是信奉佛教的国家都不会欣赏这种杀生的游戏。它离慈悲太远。中国历史上有过嗜好斗蟋蟀的皇帝，但还没有出现过热衷于杀戮生命游戏的皇帝。与古罗马的斗兽相比，巴塞罗那的斗牛多了一副面具，这就是大披肩，这面具的一闪一烁，曾让我以为这是既有色彩又有旋律的图画，到了现场，才明白面具背后全是生命的战栗和谋杀的技巧。

　　古罗马斗兽，毕竟还有真的"征服"精神，真的猛士，而西班牙的斗牛，虽然也想张扬征服精神，但只剩下屠宰的"花招"。赤裸裸的屠杀变成笑盈盈的诛杀。这也许正是人类的一种进化，双方力量的较量进化为强者一方的计谋。

巴塞罗那的一件小事

一九九九年和李泽厚兄一起到维也纳参加关愚谦兄主持的中国文化讨论会后，我们又一起到英国和西班牙旅游。

在西班牙，先是参观马德里的旧宫廷和艺术博物馆。许子东、陈燕华及他们可爱的女儿多多，比我们早到一天，他们事先租好车子，载着我们到处观赏，真是愉快。

结束马德里游览之后，我和泽厚兄便到巴塞罗那。巴城在西班牙的地位相当于上海在中国的地位，是很有名的地中海港口城市。一九九二年的夏季奥运会就在这里举办。我们选择这个城市，最主要的原因是为了到这里来观赏斗牛。到了西班牙，不看看他们的舞蹈与斗牛，一定会感到遗憾，所以我们到达巴塞罗那的第二天，就去观赏这种闻名于世的斗牛游戏。虽然印象不太好，但难以忘却。最没想到的是，这个城市除了留给我们"斗牛"的深刻印象之外，还有一件意外的事也留给我们非常深刻的印象。

临走的那一天黄昏，我们去逛商场，各自给妻子、孩子买点小礼物。泽厚兄挑选了一阵之后，给大嫂马文君买了一个漂亮的小手提包，三十美元左右，相当精美。这是在西班牙的最后夜晚，我们决定在最繁华的闹市大街上观赏一下巴塞罗那的傍晚风情。于是，我们俩就站在路灯之下，痴痴地看着一群一群的西班牙男女嘻嘻笑笑地从我们面前走过。"西班牙人连脸色都有一点浪漫！"我漫不经心地说。泽厚兄没有回答我，只见他把新买的提包贴放胸前，眼睛只顾看着来往的人群。

　　站立了大约三十分钟，突然有三个西班牙小伙子，二十岁左右的模样，来到我们面前，我正要看看他们带的西班牙式的牛仔帽和我的美国式牛仔帽有什么不同时，一个"惊人"的事件突然发生，三人中的一个小青年已经用闪电般的动作把泽厚兄的提包抢了去。我们还来不及反应，或者说还不完全明白是怎么回事，就看到这三个小伙子鹰似的冲向大街的那一边，飞快地穿越人群拼命往前奔跑。此时此刻，才听见泽厚兄说了一句话："他们竟然把提包从我的手上抢走了。"我指着前边："就是那三个人，还在跑。"可是，话音未落，我们却看到三个人中的一个回过头来，向我招招手，好像还开口说了话，显然是向我们示意，是表示谢意还是表示歉意，我们无从知道。在惊愕中，我对泽厚兄说："怎么西班牙的小偷也挺浪漫？"泽厚兄说："这不是偷，是抢！"对，是抢。怎么抢也浪漫，竟然在光天化日之下抢？而且如此从容又如此熟练地抢？怎么没有人管管，西班牙没有警察吗？怎么跑到远处还会回过头来和我们交流手势语言？泽厚兄不像我如此浮想联翩，只说"幸而皮包里没有装着护照、绿卡、机票等旅行文件"。我调侃说：下午白白花了两个小时给大嫂买了礼物，现在没了。

泽厚兄本就不高兴，听了调侃，立即回了一句："刚才你好像惊慌失措。"我说："我的确吃了一惊，怎能如此明目张胆？怎么如此光天化日？"

返回美国后，我给朋友讲述西班牙之旅的故事，固然也讲了戈雅的画，斗牛场的血，但要讲一番小偷又抢又笑的故事，讲后不免要感慨到处都在生活，到处都有浪漫，到处都有生存困境，到处都有两极分化，社会本就是三教九流，五花八门，唯其如此，社会才成为社会。

欧洲两袖珍小国游记

摩纳哥一瞥

读中学上地理课，老师讲到欧洲的几个袖珍小国：安道尔、梵蒂冈、卢森堡、列支敦士登、圣马力诺和摩纳哥。这些小国只见到梵蒂冈、摩纳哥与圣马力诺，其他三国一直无缘相见。

见到摩纳哥是二〇〇五年二月初，那天刚刚欣赏了法国尼斯的梦境一样的沙滩和海岸，过了一个小时，就看到摩纳哥。尼斯与摩纳哥的距离只有十八公里，巴士从高处缓缓进入这个以赌博和汽车比赛闻名于世的微小国度。尼斯和摩纳哥都是地中海海岸上的明珠，我们在从尼斯开往摩纳哥的路上，一直沉醉于地中海海岸的迷人风光，到了摩纳哥的城头，才突然见到一片金碧辉煌。只是一瞥，就知道这是一个超豪华的奢侈国家。

车子在大赌场前的小广场上停下。我们知道，充满刺激的一级方程式赛车在每年的五月进行，我们没有观赏的机会，唯一可以见识的只有赌场，于是，我们一下车就走进赌场，就拉老虎机，就听到叮叮当当的响声。大赌场建于一八七八年，其豪华如同宫殿，这是设计过巴黎歌剧院的设计师的另一杰作。十九世纪中期，面对经济危机，摩纳哥亲王查尔三世在市区北边开设了第一家赌场，之后，法国商家摩里斯·布朗得到了在摩纳哥开设赌场的租让合同，从此，以赌场为中心，包括歌剧院、运动场、豪华旅馆、海滩、商店的博彩业体系便在这里产生。一百多年来，此处成了世界各国富豪纵情挥金的场所，但他们又造就了摩纳哥数千富豪和密集的数百辆劳斯莱斯汽车群落。如果说，当今世界是一部金钱开动的列车，那么这个只有三万人口的国家，也是列车的枢纽之一，不可小视。

对于开创赌业的摩纳哥查尔三世如何评价，一直有争论，誉之毁之都有。但是摩纳哥人还是感激他，把他创办第一家赌场的北边市区命名为蒙地卡罗。对于任何历史人物的评价都离不开道德评价与历史评价。从道德上说，赌博属善属恶，本身就争论不休。香港至今只有赛马，没有正式的赌业，就反映了英国殖民者和今日的行政官员的道德倾向。而澳门则不然，葡萄牙统治者只作"历史主义"的考虑，它想到的是澳门这个弹丸之地的生存之道。与澳门相似，那位摩纳哥亲王考虑的重心也是生存之道。一个小国，没有工业，没有农业，没有畜牧业，没有埋藏在地下的煤层、石油和金矿，靠什么活下去？在这种情境下，只能把"历史主义"放在第一位，"伦理主义"放在第二位。先富起来再说，这是查尔三世的聪明之处。除了执政者的聪明之外，小国的"民众"不会像大国民众那样蒙受道德的压力。相对而言，小国民众较少伦理的障碍，摆在面前的第一问题还是如何生存下去的问题。

这个小赌国，没有敌人，只有客人；没有战场，只有赛场。赌场其实也是赛场。因为时间太短，我们未能进入这个国度的文化深层，只能在它的表面了解到，所有的赛场都没有道德裁判所，他们不管客人是否只顾"一赌方休"而因此破产，因此跳楼，因此堕落，他们只提防客人中有江洋大盗和超人赌杰。在摩纳哥赌史上，发生过许多有趣的故事，其中一个故事是赫赫有名的、突袭珍珠港的日本海军司令山本五十六，他在战前出使欧洲时，曾因赌技超群、赢钱太多而被禁止入场。他是被摩纳哥拒绝的第二个日本赌客，第一个是日俄战争时期驻欧洲的日本特工头目明石元二郎。在摩纳哥人眼里，两位日本客人并不是政治敌人，而是可能颠覆他们赚钱机器即生存机器的怪人。他们的禁行，乃是本能地捍卫自己的生存机制，并无深意。

人类充满生存困境、心灵困境与人性困境，对于摩纳哥这个具有七百年历史但因赌业而赢得一百五十年的"灿烂"历史的小国，我既不羡慕，也不谴责，既不讴歌，也不嘲笑，只给予同情的理解。它金碧辉煌，但不是我们的理想。它赛车赌钱，不是合理想的存在，却是合现实的存在。每个国家、各个民族都可自由地选择自己的存在方式，无须革命家与道德家去统一人间的存在方式，这也许就叫做"宽容"。

（二〇〇五年五月写于香港）

圣马利诺的"根基"

在欧洲见到两个小国：摩纳哥与圣马利诺，觉得两国的立国精神很不相同。前者靠金钱立国，赌场与赛车场是它的生命场；后者则靠精神立国，议会是它的生命场，"共和"与"自由"精神是它的生命线。

老子曾说："治大国若烹小鲜"，意思是说，治大国不容易，必须小心翼翼。其实，治小国何尝不是如此。"小国寡民"虽好，但毕竟势薄力单。因此，小国最担心的是"他者"的威胁。当年中国春秋时代，长江黄河流域的千百个"小国"，哪一个不是战战兢兢，害怕被"他者"吞掉？像圣马利诺这个国家，面积只有六十多平方公里，人口不到三万人，倘若意大利、法国有野心，一举就可以把它吞食。但是，它却长期存在，历史可以追溯到公元前四世纪那个名叫马里诺的天主教切石匠，据说他在逃避罗马君王的天主教法令时，带着一群教友在提塔诺山（亚得里亚海海岸附近的山脉）组织了第一个天主教团体，这个团体一直存活下来，后来发展成圣马利诺国。尽管历经了千百年的沧桑，中间也曾被占领过，但在近现代欧洲充满战争的时代里，它还是在那个如诗如画的山坡上站立到今天，活得很有尊严。而它之所以能屹立不倒便是拜它的自由精神所赐。在介绍圣马利诺的书籍中记载着这么一个经典故事：几乎征服整个欧洲的拿破仑进入意大利之后，曾从这个微小共和国边上经过，虽兵临山下，但他不仅没有侵占这片土地，而且赞赏这个国家，声言"保留圣马利诺就像保留自由的象征"。并派遣著名的数学家蒙日（Monge）和他的特使来到提塔诺山，让他们代表自己表达对圣马利诺的好意。一八〇五年他又盛情地接待了被派去米兰扩展圣马利诺共和国与 Cisalpina 共和国之间商贸条约的共和国使者 Antonin Onofri。那个时期世界上最有力量的皇帝之所以如此尊重圣马利诺，是因为他知道，强大的军队可以征服王冠、权力、财富和大片土地，但不能征服自由精神。

作为小国，圣马利诺的自由精神，首先在于它虽小却独立不移地自主、自尊，坚守自由自足的存在方式。从一二九六年完全独立之后，圣马利诺的日子并不安宁。它周边各大区的宗教机构一再干预它，罗马教皇庇护二世、保罗三世、卡罗五世任期期间，都曾使用军队威胁这个小国，最严重的一次是一七三九年，边境完全被封锁，断水断粮，大部分住宅遭到洗劫，但他们没有屈服，最后迫使罗马教皇命令红衣主教阿尔贝隆尼（Alberoni）率领的军队撤退，还给该国自由与尊严。圣马利诺的自由精神在其国家的政体上也充分表现出来。这个共和政体充分民主，充分尊重每个公民的选择权利。这个袖珍国家有九个行政区，九个政党。国家体制下最重要的是市民大会，它拥有修改共和国规章的权利和"请愿书的权利"，市民大会组织市民直接选举"大委员会"，大委员会相当于"议会"，由六十名代表组成。大委员会每六个月选举出两位国家元首执行官

（四月一日与十月一日）。此外，还要选出拥有行政职能的"十二委员会"。这一政体最让人感动的是对生活在这个国度中的每一个个体生命都充分尊重，每个人都被允许可以直接和国家最高机构对话，随时都可以向最高机构递交请愿书，而且在六个月内会得到响应，没有"天高皇帝远"的问题，也没有"哭诉无门"和"石沉大海"的问题。当年老子向往"小国寡民"，不知道有没有想到这一层？

大约五个小时，我和妻子、女儿好奇地观看坐落在山巅上的袖珍共和国，好奇地欣赏它的政府大楼、钟楼、石塔、围墙、广场、教堂、蜡像馆、水族馆、珍奇博物馆、酷刑博物馆、国家博物馆、现代武器博物馆，真是"麻雀虽小，五脏俱全"，貌似隐居山中，现代化的成果却什么都有。世界在看它，而它也在看世界，吸收世界。它既不忘古代刑具，也不忘现代武器。它超越纷争，坚守中立，蜡像馆里有林肯、华盛顿，也有希特勒与墨索里尼，它要保存的是历史。小国难以创造大文化，但可以保存大文化。

走下提塔诺山，我对这个小小的山国还是充满敬意，觉得它赖以生存的，除了山脉之外，还有一种看不见的东西，这比山脉还重要，它才是山国屹立于世界之林的根基。

（写于二〇〇五年五月）

144

彼得堡游思

一

一九九三年六月，我和一群参加斯德哥尔摩大学"国家、社会、个人"学术讨论会的朋友，乘船到彼得堡游览。此次旅行，留给我们印象最深的是，这个刚刚崩溃的革命大帝国没有东西吃，街市上一片萧条，地摊上到处都在拍卖英雄勋章。我知道，俄罗斯正在经历又一次社会大转型，这种艰难岁月只是暂时的，因为我在涅瓦河畔，一直想到俄罗斯那些伟大的灵魂。相信有这些灵魂在，俄罗斯早晚会恢复它的元气。

我理解的俄罗斯灵魂，不是东正教的经典和教堂，而是普希金、莱蒙托夫、屠格涅夫、托尔斯泰、契诃夫、陀思妥耶夫斯基等人的名字。他们每一个人的名字都和我的祖国的最伟大的诗人屈原、杜甫、李白、苏东坡、曹雪芹一起，总是悬挂在我生命的上空。

我的性情除了生身母亲赋予之外，还有一部分是他们的作品与人格铸造的。当我走进彼得堡，真正踏上俄罗斯

145

的土地时，首先不是对政权的更替和历史的沧桑感慨，而是对这片土地上的伟大心灵，充满感激之情。那一瞬间，从少年时代积淀下来的情思和眼前的椴树林一起在血液中翻卷着。一个中国南方的乡村孩子来了，一个在黄河岸边的风沙中还偷偷地读着《战争与和平》的书痴来了，来到他的精神星座上，来到你们的身边！你们能感知到吗，长眠着托尔斯泰与陀思妥耶夫斯基的俄罗斯大街与大旷野？

在彼得堡的商店里，面包短缺，处处可以感受到这个国家的萧条与悲凉，但是，我相信，有托尔斯泰这些名字的支撑，有如此雄厚的文化根基垫底，这个民族是拥有未来的。时间对于具有伟大心灵的国家是有利的。当世界的道德正在走向颓败时，俄罗斯这片大森林有托尔斯泰们的阳光照射，它不会腐朽。

二

踏上彼得堡的第二天，我记起契诃夫的一句话："俄罗斯总是看不够。"俄罗斯是他们的祖国，这片辽阔的森林与原野确实是他们的情感倾注不完的。而我想起这句话时，做了一点延伸，变成"俄罗斯心灵也总是看不够"。我从十五岁读高中开始，就阅读俄罗斯作家的作品，至今四五十年，总是觉得读不够。出国之后，我仍然继续阅读。阅读俄国文学，与阅读欧美的诗歌小说感受很不相同。我喜欢从卡夫卡到萨特、加缪、卡尔维诺的小说，喜欢领悟他们对人类生存困境所作的批判和批判背后的悲伤，这是人类失去精神家园之后的大彷徨。"我是谁?"他们发出的是世纪性的大提问。我常与这些提问共鸣，然而，我还要活下去，我必须活在托尔斯泰们"我是人"的答案中。托尔斯泰曾说："他是人，所以我们要爱他。"这句话的对应意义就是：我是人，所以我有被爱的权利。托尔斯泰的伟大人生公式只有一个：我爱，所以我写作。这一公式对我产生了深刻的影响。蕴藏在俄罗斯文学中的爱意，我永远领悟不够，它像永恒的宇宙和永恒的大自然，一次性的短暂人生之旅绝对无法抵达它的尽头。

托尔斯泰曾说，我写的作品就是我的整个人。"整个人"就是身心全部，就是应当如此活着的整个人格与整个心灵。列宁说，有两个托尔斯泰，一个是哭哭啼啼的地主，一个是时代镜子似的作家。这种说法值得商榷。托尔斯泰是完整的。正如罗曼·罗兰所说："对于我们，只有一个托尔斯泰，我们爱他整个。因为我们本能地感到在这样的心魄中，一切都有立场，一切都有关联。"① 我也确信，只有一个托尔斯泰，只有一个用爱贯穿人生的完整的托尔斯泰，只有一个大慈大悲笼罩着整个人类世界的托尔斯泰，也只有一个用爱统一自己的生命也统一精神宇宙的托尔斯泰。从来没有一个地主的托尔斯泰，尤其是剥削者意义上的地主。他永远支付着他的大爱。他的确常常哭泣，眼泪一直

---

① ［法］罗曼·罗兰:《托尔斯泰传》，第五页。

流到死亡的那一刻。在弥留的床上，他哭泣着，并非为自己，而是为不幸的人们。在号啕的哭声中他说："大地上千万的生灵在受苦，你们大家为何都在这里照顾一个列夫·托尔斯泰？"

托尔斯泰正是以他的整个心灵哭泣着。眼泪没有前期与后期之分，托尔斯泰的眼泪任何时候都是真实的。

康·帕乌斯托夫斯基在描述契诃夫的时候只用四个字加以概括，一是"天才"，二是"善良"，契诃夫是社会讽刺的天才，文字都含着最善良的眼泪。而他自己，也像托尔斯泰那样哭泣过。帕乌斯托夫斯基批评契诃夫的各种回忆录都忽略了眼泪，对契诃夫曾经痛哭一事只字不提。只有吉洪诺夫、谢列勃罗夫写过契诃夫的眼泪，这是在黑暗中独自奔流的眼泪。他生性善良高尚，且刚毅木讷，因此常常把自己的眼睛瞄着底层的弱者。

俄罗斯作家是天生爱哭还是不能不哭？他们的眼泪是难以抑制的，一颗巨大的慈悲心，负载着比谁都沉重的人间不幸，不能不常常落泪。

在彼得堡阳光明媚的海滩上，对着墨绿色的波浪，我之所以想起了俄罗斯心灵的眼泪，是因为这些眼泪曾经滋润过我干涸的血脉，还帮助我浇灭过狂热的喧嚣，在疯癫的"文化大革命"岁月中，它一滴一滴地往我心中滴落，使我规矩了很多，使我没有为虎作伥，没有与狼共舞。

我的年轻时代正是热火朝天的六七十年代，那时候，我就感到自己与时代很不相宜。我降生错了，不是降生的地点错了，这个地点是我永远爱恋的中国，是降生的时间错了，我不该降生在"横扫一切"的年月。我完全无法理解这个时代，也完全无法跟上这个时代的步伐。终日紧张，朝不虑夕，神经日夜不得休息。

当我看到人们带着愤怒走向批判台，像狼虎对着诗人学者吆喝的时候，我就在台下发抖，并意识到，这个时代属于他们，只有他们敢于在"横扫一切牛鬼蛇神"的革命口号下横扫人类的一切精华。这个时代不属于我，这个时代的每一分钟都那么漫长，都逼迫我去面对一个问题：对于被审判的牛鬼蛇神，我应当恨他们还是爱他们？在大彷徨中，我听到了托尔斯泰的号啕大哭，他的眼泪洒向我惊慌的内心，我听到托尔斯泰的声音：爱一切人，宽恕一切人，哪怕他们是敌人，也要爱敌人。何况他们不是敌人，而是你的兄弟、师长与同胞。托尔斯泰的哭泣拯救了我。他让我知道：此时，我的懦弱是对的，身心发抖是正常的；此时，勇敢便是野兽，只有懦弱与动摇能远离野蛮。一切理由包括革命的理由都高不过"人类之爱"的理由，唯有"爱"的真理是四海皆准的、颠扑不破的真理。

经过托尔斯泰的提醒，我在黑暗的森林中又走出了一条小路，再一次看到无遮蔽的碧蓝的星际，正像《战争与和平》中的安德烈在临终的时刻又看到高远的无限的天空。二十多年过去了，今天想起托尔斯泰的眼泪，觉得每一滴都是热的，我该怎么感谢这些眼泪的滋润和他那些爱的绝对命令呢？这些眼泪与命令对我是何等重要！那个时代的风烟、阴影、噩梦、深渊，完全可以毁掉我，完全可以剥夺掉我的全部善良与天真，把我变成一个头上长角、身上长刺的妖魔，一个没有心肝的政治生物，一个只会在方格纸上爬行的名利之徒，一个把持权力、财富却不知人间关怀的小丑，一个摆着学术姿态却丧失真诚的骗子，甚至可以变成一匹狼，一条狗，一头猪，一只长着邪恶牙齿的老鼠。活在这个时代，真是一次灵魂的冒险，堕落只是一刹那。在这个时代里，我有过错，但毕竟没有堕落，这是何等幸运！想到这一点，我对托尔斯泰就充满感激。

二十世纪科学技术的发展真是奇迹。人，真了不起。但是，我并不太喜欢二十世纪。这也许与我自身的体验有关，我只觉得，生活在这个世纪的人太艰难了，我想努力去做一个人，但不知道怎么做人。人得有一些与兽区别的品格，例如人必须善良。没有善良，人就会像野兽一样随意吞食自己的同类。天才一旦失去善良，就会变成希特勒。可是，在这个世纪里，善良遇到空前的嘲弄。人们说：革命不是温和与善良。善良者不过是糊涂虫，是怜悯狼的东郭先生。人们还说善良没有饭吃，善良看不到敌人的面孔，善良是无用的代名词。这些世俗的谎言遮蔽了道德，潮水般的笑声使善良的品格像囚犯似的抬不起头，人类的一种基本品行像星星一样陨落了，连作家诗人也丢失了善良，于是，他们便理直气壮地向另一些作家诗人开火，到处都是攻击与咒骂，时代弥漫着令人窒息的烽烟。

我差些被烽烟熏死，差些被潮流卷入深渊。幸而托尔斯泰的名字仍然在我心里，想到这一名字，我就想起他那一句绝对的、几乎是独断的话："我不知道人类除了善良之外，还有什么美好的品格。"这句化入我肺腑深处的话，一直保卫着我，保卫着我道德的最后边界，人与兽的最后边界。守住这一边界，我才分清了清与浊、净与染，才想到：把人送入"牛棚"，不是小事，这是重大历史事件。我感谢托尔斯泰，感谢他让我知道丢掉善良的全部严重性，及时地进行一场自救。

进入八十年代之后，又是托尔斯泰帮助了我。这个年代，满身是污泥，满身是血腥味。当朋友们在抚摸伤痕、谴责社会的时候，我也抚摸与谴责。一个错误的时代的确糟蹋了所有的诗意。时代是有罪的。就在这个时候，托尔斯泰告诉我：勿忘谴责你自己，应当有坦白的英雄气，唯有"坦白"能拯救你自己。坦白承认自己参与了错误时代的创造，坦白承认自己在牛棚时代里的行为并非属于人类，而属于兽类与畜类。我记得托尔斯泰就有这种坦白的英雄气。那一年，在度过一段放荡的日子之后，他自己憎恶自己，在日记上写道："我完全如畜类一般地生活，我堕落了。"他把生命作为战场，与"自身的罪孽"搏斗，在临终前，他仍然反复地说："我不是一个圣者，我从来不自命为这样的人物。我是一个任人驱使的人，有时候不完全说出他所思想所感觉的东西……在我的行为中，这更糟了，我是一个完全怯懦的人，具有恶习，愿侍奉真理之神，但永远在颠蹶。如果人们把我当作一个不会有任何错误的

151

人……那么我的本来面目可以完全显露：这是一个可怜的生物，但是真诚的，他一直要而且诚心诚意地愿成为一个好人，上帝的一个忠仆。"

托尔斯泰这种坦白的英雄气，像雷霆一样震撼了我。他如此伟大，又如此谦卑。当年他读到卢梭的《忏悔录》时，就如同晴空霹雳，因为他从中找到拯救自己的生命之舟：坦白。他这样礼赞卢梭："我向他顶礼。我把他的肖像悬在颈下如圣像一般。"他不仅礼赞，而且也写出自己的《忏悔录》。通过忏悔，通过正视曾有过的"畜类的生活"，正视在时代所犯的错误中自己也有一份责任。于是，他返回人类，从牛棚返回人间。托尔斯泰提示我，强大的人无须撒谎、隐瞒和掩盖自己的弱点。而且还启迪我：我的确参与创造错误的时代，给牛棚时代提供了一块砖石，我的每一声呐喊、每一张大字报都是罪孽的明证。我不应害羞，应当坦白地承认自己曾经唱过高调，曾经追随过"造反有理"的呐喊，浑身是匪气；还曾经千百次发誓要当一头老黄牛和一只愿意夹着尾巴生活的狗，浑身是畜气；甚至向所谓"走资派"伸出利牙，浑身兽气。

那个牛棚时代，那段历史，那些无所不在的污泥浊水，真的进入了我的生命和腐蚀过我的生命。我的脾气变了，小丑般跟着人家嘲笑唐僧是"愚氓"，恶鬼似的到处寻找"落水狗"来痛打，戏弄一百遍"宽恕"，践踏一千遍"温情主义"。暴力的病毒侵入了自己的骨髓。换血，要吸髓，要把病毒从脉管里吸出来，挖出来，倒出来。我对托尔斯泰这样保证。

　　也许因为反省，我终于在告别这个世纪的时候，也告别革命。无须卖弄学术姿态，无须做学院式的词源考证，我要告别的革命当然是暴力革命。无须隐讳活在我心中的托尔斯泰催生了我的思想。已经很久了，在我耳边总是震荡着一九〇四年十二月二十二日他发出的声音："法国大革命宣告了无可置疑的真理，但真理一旦被诉诸暴力，便都成了谎言。"一个对人类怀着大慈悲的人，不可能支持暴力。在托尔斯泰的眼里，手段比目的更重要。没有什么使用残暴手段的伟大目的。杀戮永远是一种罪恶。所谓恶，就是暴力。托尔斯泰并非主张"勿抗恶"，而是主张勿以恶抗恶，勿以暴力征服暴力，从而陷入暴力怪圈中。

　　托尔斯泰指示我：这个世界缺陷太多了，这个世界的道理太多了，我们应当有一个最高的道理。对人间不要求全责备，但可以要求有一个没有暴力的世界。放下武器难道比制造武器更难吗？

　　在彼得堡的那三个白天，还有三个夜晚，我其实不是在游览，而是在游思。我知道托尔斯泰不仅写过彼得堡，而且最后长眠在彼得堡。在这个地方，在波罗的海的岸边，我不能平静。唯有在这个地点，我能做出如此倾吐，如此诉说，能痛快地抒写久藏于心中的情思。

（写于一九九三年三月）

美国行走

在佛罗里达海滩

杰斐逊誓词

我是在一九八九年四月来到华盛顿的。那几天，美国的首都刚从冬季的风雪中苏醒，满城风和日丽，无数风筝在空中飘荡。我昂起头眺望着风筝和西天的云彩。看久了，在绿草地上坐下，心里想着刚刚在杰斐逊总统纪念馆里读到的誓词，他向上帝所做的庄严的保证。这一誓词保护着自由的风筝，它仿佛也写在风筝的丝绸飘带上。

杰斐逊像下的誓词这样写着：

I have sworn upon the altar of God, eternal hostility against every form of tyranny over the mind of man.

（我向上帝宣誓：我憎恨和反对任何形式的对于人类心灵的专政。）

每次参观纪念馆，我都格外留心英雄的座右铭。人类精英们的心得，值得我多想想。但是，在我的记忆中，还没有一句名言像杰斐逊这一思想如此让我震动。在读到的一刹那，我心里哄然一声，思绪如洪波涌起。

我是一个从马克思主义经典中走出来的学人，对西方杰出的政治领袖只有敬意但没有崇拜，对于他们的思想一直采取质疑的态度。然而，这一句话，我却产生了很深的

157

共鸣。在被触动的那一时刻，我真想呐喊几声，请求全世界的政治家和思想者注意。那些早已知道的，也请重温一遍。我还特别请求我的祖国能注意，并希望故土的山谷能够响应我的呐喊，像童年时代响应我天真的歌声。

这是一句誓词，一个美国思想家的信念。但它也包含着我的良知关怀和良知拒绝的全部内涵。近几年，故国的报刊一直在讨伐我，至今没有停断。如果我有罪，那就是我对心灵专政毫不含糊的谴责和反叛，也就是我在地球的东方发出一种与杰斐逊同样的声音。然而，杰斐逊和华盛顿、林肯共同创造的时代却告诉人们，寻求真理并说出自己所信仰的真理，这是天赋的权利，永远不能成为罪行，政治专政的铁拳永远没有理由对准人类天然神圣的心灵。

当然，憎恨我的人把我当作异端也并非没有根据，因为我的确和一些拿着教条来谋杀我的祖国和我的人民的政治激进者不同。我的语言已从他们规定的死亡方格中跳出，并揭露教条已经扼杀了我的祖国的生命力。我确实在用笔抗争，而抗争的一切，如果需要用一句简明的话来表述，那正是美国这位思想家郑重的誓言。

在旷古未有的"文化大革命"荒诞岁月中，我最后悟到，它的荒谬之处，就在于它把无产阶级专政的强大机器从政治经济领域推向人的心灵领域。所谓"全面专政"，就是说仅仅在经济政治领域里剥夺剥夺者的权力是片面的，只有在心灵中也实行剥夺才是全面的。当政治骗子把"全面专政"的旗帜举上云霄的时候，无数知识分子的心灵却在牛棚和牢狱的黑暗墙角下做着最悲惨的呻吟。他们一个个把笔变成匕首，天天刺进自己的胸膛和别人的胸膛。他们在奴才与佞幸的强制下，用最恶毒的语言诅咒自己和自己的同胞。他们承认自己是内奸似的黑帮，是地狱中狰狞的魑魅魍魉，是企图阻挠人类走向极乐园的江洋大盗。他们一面被人像追猎野兽一样逼迫着交代自己的罪行，一面又把一支从小就勤奋练就的笔杆深深地插入自己的咽喉，然后又插进一切和平与仁慈的信念。他们检举、揭发、交代，一个字一个字都像疯狂的毒蜂去咬叮他人的灵魂和自己的灵魂，连早已埋入地下的祖宗的尸体也不放过。他们在"不怕疼、不怕丑"的迷魂药的麻醉下，让心灵蒙受种种人间的奇耻大辱。在那段岁月中，我还年轻，避免了许多老学者老作家可怕的命运，只是和亿万同胞一样把本是春水般活泼的情感纳入独一无二的思想体系中，在统一的政治机器中打滚，让心灵发出麻木的呼叫。

在心灵专政的旗帜高扬的时候，人类一切带有温馨花瓣的书籍都被禁止，全世界公认的至真至善至美的诗篇皆被认为是封建阶级和资产阶级的毒草。连莎士比亚和托尔斯泰也难幸免。著写《神曲》的但丁本身被送入地狱，无辜的维纳斯和蒙娜丽莎被戴上最丑的高帽。我们只允许读马克思、列宁和毛泽东的文字。于是，我们一面经受阶级斗争狂涛激浪的洗劫，一面又经受难以忍受的灵魂大干旱，这种沙漠似的大干旱和它所带来的大饥渴，使我和我的同一代人的生命一下子萎缩得像古埃及坟墓中的木乃伊。尽管这样，我的眼睛还像灯火一样燃烧着，而且读下了一部人类各种文化宝库中所没有的心灵专政录。这部记录，是产生于中国六十年代到七十年代的人类历史上最怪诞的书籍，一页一页都令人伤心惨目，一页一页都迫使我去作反叛性的思索。我敢说，在蓝色的天空下，没有另一个国度的思想者，能像我和我的同一代人那样深切地读尽人类心灵专政的现实图志。从医学上说，这里有人类精神的全部病毒；从心理学上说，这里有人类心理的全部变态；从宗教学上说，这里有魔鬼的全部伎俩；从人类学上说，这里有人类身上残存的全部兽类的基因；从文化学上说，这里有人性恶的全部积淀。在实行心灵专政的年代，真正的知识分子没有一个能抬起头来坦然地看看四面八方，只能低着被戴上资产阶级帽子的头颅看着自己可怜的脚趾。那些曾像小偷似的发表过关于人性人道文章的学者，此时更变成千夫所指的寇盗。这些小心翼翼地低声诉说社会主义国家也需要"爱"的正常脑袋，此时变成全部仇恨集中射击的对象。专政的机器逼迫他们把头埋得比任何人都低。播种人道的正直心灵收获的总是赤裸裸的兽道。在六十年代，我从未涉足人道，只是无知地跟着潮流高喊阶级斗争的口号，因此，在埋着头的时候，还可以张开眼睛读着这部荒诞无稽的现实大书，并很深地认识了一个错误的时代，看到它是怎样把高贵的人类变成一只只蜷缩着脖子和紧夹着尾巴的狗——每时每刻都生怕挨打的可怜家畜。如果要摆脱这种命运，即如果不想夹着尾巴，那就要高扬起犀利的牙齿，把自己变成管辖狗并无情地撕咬狗的狼。我看到一些被称为诗人的人也变成了这种野兽。他们裸露的牙齿比他们楼梯似的诗句留给我更深的印象。

这部心灵专政录，我读了十年，几乎用了整个青年时代才读完，读到最后一页我已进入中年时代了。我憎恨那个时代，又感念那个时代。那个时代所有的荒唐故事，都使我刻骨铭心地体验到人性的脆弱。人类只要穿过心灵专政这一黑暗的洞穴，就会魔幻般变成畜类与兽类，数百万年的进化成果就会在刹那间化作洞穴中的灰烬。如果人类缺少保卫心灵的意识，那么人类未来的灾难将是极其深重的，回到兽界与动物界，并非难事。

因为我曾经生活在心灵专政的斧钺之下，所以我了解心灵专政的力量。今天，我已从心灵专政的阴影中抬起头来而赢得良知的自由，但我有责任告诉未曾经历过的人们。我的诉说没有诗意，但也没有掺假。我必须用确凿的语言说明，部分人类所发明和制造的心灵专政，就像无边无沿的棺木，它可以把整个人类都变成尸首而首先是把最活泼、最高贵的心灵变成尸首。千百万年形成的人类心灵，一旦进入精神棺木，生命就完全失去爱的知觉。这一点，快乐的人们不一定能意识到。我相信，我今天告诉人们这一点，比诗人奉献漂亮的辞藻更为重要。

美国是一个很年轻的国家。它得天独厚，这除了它的肥沃平坦的土地和东西部的两条海岸线之外，还得益于一种历史的偶然，即它的开国元勋很快地意识到必须拒绝对于人类心灵的专政。这种意识价值无量。这一意识使他们没有疯狂而愚蠢地把政权的力量用于消灭良心和消灭思想的革命。我在美国已经六年了，常常用怀疑的眼光寻找它的缺陷。我看到美国并非理想国。这部用金钱开动的庞大机器也充满机器专政的可笑故事。充溢于街道和办公室的铜臭味常常让我感到窒息。然而，他们从来不敢把"全面专政"视为神圣的旗帜，在他们的思想意识里，从来没有把人类心灵送进牛棚和猪窝，他们的过于发达的技术和雇佣制度也使一部分人类心灵异化，但是，他们毕竟在法律上和观念上保护着人类心灵的尊严与价值。任何心灵都可以自由地发出自己的声音，巨大的国家机器绝对不能骚扰任何一支脉管的跳动。他们赋予心灵的权利是心灵永远不受干预、不受侵犯、不受奴役的权利，是心灵可以像山间飞鸟随时都可以自由啼唱的权利。这种心灵权利高于一切。我应当坦白地表明，我羡慕这种权利。这种权利比任何缀满珠宝的桂冠都更有价值。而使我高兴的是，他们毕竟能把杰斐逊的口号写在纪念册上，让人们集体地拒绝心灵专政。

我离开杰斐逊纪念馆已经六七年了。这几年，我走过世界上的许多地方，但始终忘不了这一次的华盛顿之旅，也始终忘不了杰斐逊的这一句誓词。那里的草地黄了又绿，绿了又黄，但每年春天，都有竞健的风筝在空中翔舞，我仿佛看到每一条风筝中的飘带，都写着这位国家先驱的信念，想到这里，我心中有一愿望冉冉升起，这就是期待人类的每一颗心灵都像自由的风筝，它拥有天空，也拥有大地。任何形式的对它的践踏，都应成为已经过去的故事。

（选自《西寻故乡》）

美国行走 ◆ 杰斐逊誓词

美国的意味

——在澳门大学人文学院的演讲 （二○○八年）

阅读地球上巨大的一部活书

我离开中国到美国已经十九年了。十九年前，我一踏上北美这片土地，就意识到，我的第二人生将在这里度过。我不仅要居住在美国，而且要充分地阅读美国。从小老师就教导我，要读活书，不要读死书。美国不仅是部大书，而且是部活书。我要读它的山川，读它的社会，读它的文化，读它的氛围，还要读它的心灵。

美国作为一个巨大的存在，它与中国有很大区别，但是仅仅从书本上不能真正了解它。讲起美国，最容易失误的是只讲笼统的美国。对我来说，阅读美国，不能只读一个笼统的美国。United States of America（美利坚合众国）至少包括四个层面：政府层面、社会层面、文化层面、人的层面。对于政府层面，不同的总统和不同的政党执政，会呈现出一些不同的政策与面貌，这是值得注意的。即使我们憎恶美国政府，也不能笼统地牵扯到美国社会。美国

164

并不是理想国，它的社会问题很多，但应该承认，它是一个建立在充分发挥个人潜能基础上而获得成功的现代化国家。一个国家，一个社会，最难的是它既充满活力，又很有秩序。美国就是这样一个国家，它是一个有动力的社会，人欲横流的社会，又是一个有序的社会，对人欲拥有制衡力量的社会。

草创期的大文化精神是美国强大的根源

美国的强大，从表面上看，是它强大的舰队；从深层看，是它强大的制衡系统。它的既有活力又有秩序的社会，全仰仗三个法宝：一是政治上和法律上完善的制衡制度；二是民间道德监督体系（媒体等）；三是新教伦理与宗教情操。我们即使憎恶美国政府，也不可忘记学习美国这种建构现代社会的经验。

对于美国的文化，也不可笼统地接受或笼统地否定。就其表层文化，我喜欢它的"无条件地尊重个人隐私空间"这一点。但我最喜欢的是美国深层的文化，这就是美国奠基者所创造的立国精神，即由《独立宣言》等历史档案和立国诸总统身上所体现的"人人生而平等"、尊重每一生命个体的尊严和权利的精神。美国的"得天独厚"，首先是一开国就拥有这种个体生命第一的精神，天然地打破等级分别、天然地打破尊卑贵贱、确认人格平等的精神。这里应当说明的是，美国立国的平等精神是指人格平等，而非经

美国行走 ◆ 美国的意味

济平等，即不是经济上的"均贫富"这类平均主义的乌托邦，但它确认人在机会面前具有平等竞争的权利。美国后来的生长、发展，在很大程度上是由在它的婴儿时期就确立的基本精神所决定的。法国著名政治思想家托克维尔在其经典名著《论美国的民主》中已揭示了这一奥秘。他在书中表述了这样一个观点：人的一切始于摇篮时期，襁褓时的状况影响人的一生。托克维尔说明这一真理是在揭示：一个国家和一个人一样，其婴儿时期所形成的基本精神影响到它的未来甚至决定它的未来。美国正是得益于国家草创时期的大文化精神。这一精神，便是美国的深层文化。还有一个层面是"人"的层面。人是文化的真正载体。文化在图书馆里、书本里，更是在活人身上。人走到哪里，文化就会跟到哪里。各个民族由于文化的历史积淀不同，确实会形成不同的民族性格。美国的历史很短，相比于英国人、法国人和中国人，美国人显得比较坦率、天真、正直、诚实、不记仇。列宁在《共产主义运动中的"左派"幼稚病》一书中，提出要学习美国的求实精神，美国人确实有这一性格。我很喜欢杰斐逊总统摆在他的纪念馆中的二十一条语录，其中一条说："在美国这部大书里，诚实是它的第一篇章。"我们在阅读美国和讨论美国时，如果能注意一下从世界各个地区移居过来的美国人，则会觉得很有意思。如果以纯粹美国人为参照系，我会发觉自己的心理比他们复杂一些、世故一些，当然，每一个人都是一个个案，每个个体又有很多区别。

美国，意味着一张平静的书桌

美国对不同的人有不同的意味。对我而言，它意味着三个最重要的东西。第一，它是一张平静的书桌；第二，它是一种宽容的空气；第三，它是一个自由的参照系。

我是一个思想者，最重要的要求是内心的平静。佛家说，静则慧，这是有道理的。只有在平静中才能进入深邃的精神生活，才能和伟大的灵魂相逢。我在美国，无论读书还是写作，都有一个沉浸状态。在此状态中，我不仅觉得远离中国，而且也远离美国，甚至也远离以往的自我，即抽身出来，既观看客观世界又潜入自己的内心捕捉那些真切的感受。而能够进入这种状态恰恰又得益于美国充分尊重每个人的私人空间，对每个人的正当生活绝对不干预、不骚扰。

在美国近二十年，从来没有见过美国的警察来查户口，也没有任何人让我对国家大事进行表态，更没有人走进我的草地与花园。是太孤独了，但没有人会嘲笑你的孤独，也没有人会批评你缺少关怀。总之，可以放心读书、思考、做学问。孟子说："学问之道无他，求其放心而已矣。"到了美国才领会到这句话的意思。放心了，从容自在了，心地清明了，思想也就真实活泼了。能放心自在，才能潜心思想。偌大的美国，对我来说，就是这么一个可"放心"可潜心的好地方。

美国，意味着一种宽容的空气

美国对我还意味着它是一种宽容的空气。我写过一篇《再悟纽约》的散文，把纽约看成美国的象征。说纽约本身就是一个大海，一个大寓言，一个兼备万物、无所不包的国度。世界上最白的人和最黑的人，最富的人和最穷的人，最大的冒险家和最质朴的清洁工，以及各种宗教、各种社团、各种民族的城中之城，各种派别不同的声音，全都在这里找到自己的位置。美国是个移民社会，地球上各种民族的子弟通过贸易、留学等种种途径来到这里，从而形成一个真正的多元社会。连我小女儿刘莲的中学，都拥有来自二十几个国家的学生，一进校门就可以看到悬挂于大厅的二十几面国旗。因我女儿的进入，厅里也有五星红旗。不管是中学之门还是大学之门，总是永远敞开着，没有围墙，没有警岗，没有"传达室"，什么人都可以出入。我"客座"的科罗拉多大学博尔德分校（University of Colorado at Boulder)，它的图书馆阅览室，任何人都可以进去翻阅它的报刊，甚至可以用汽车驾驶证借阅书籍。这是杜威"学校如社会"思想的结果，还是美国宽容不设防传统的表现呢？恐怕两者都有。刘莲十二岁时到美国，当时我们一家都没有美国的身份证，但因为居住在美国，她就免费进了中学，开始时英文还听不太懂，半年后她就听讲自如，学校还来了祝贺信，说她英文打字的速度全班第一。

高中成绩优异，因此上大学时得到了三项奖学金，学费与生活费全解决了。

我感受到的宽容空气，还有更深的一面，这就是对于思想和言论的宽容。芝加哥大学的政治学教授邹谠先生临终前对我说了一席知心话，其中有一段让我无法忘记，他说他一生同情中国革命并热爱中国，但平心而论，美国比中国宽容得多。例如，如果我讲了一百句话，其中有九十九句错，一句对，美国会吸收你说对的那一句，而不计较说错的九十九句；而中国往往相反，你说了九十九句正确的话和一句错话，人们对九十九句不计其功，却会对那一句错话抓住不放。邹谠先生是国民党元老邹鲁的儿子、国民党名誉主席连战的老师。他本人同情中国共产党的革命，在美国深造并成为卓有成就的政治学教授。他的代表作《美国侵华的失败（1941—1950）》，用理性的态度批评美国的对华政策。因为他为人正派，治学严谨，立论公平，所以他的书籍在美国很有影响。芝加哥大学对他格外敬重，他去世时，大学特下半旗对他表示哀悼。（我在芝大时，全校获得诺贝尔奖的已达四十八人。有些获奖者去世，学校并不下半旗。）生前他还兼任北京大学客座教授，胡耀邦书记还特请他去做客，倾听他的真知灼见。邹谠先生这样一个最认真、最诚实、对中美两国都无偏见的学者，临终前对宽容的呼唤，我不能不刻骨铭心。出国前有些朋友批评我太多诗人气质，好率性而言，结果常说错话，出国后虽冷静一些，但还是改不了先天的气质与心性，常直言无忌，也常说错话。我这样的性格，特别需要一种宽容的空气，因此，我选择在落基山下生活，觉得还是相宜的。

美国，意味着一个自由的参照系

最后，我还要说，美国对于我又是一份自由的考卷。

美国把自由当作它的理想和骄傲。纽约海滨屹立的自由女神像，就是它的精神象征。在许多中国人心目中，美国也是一个自由世界。"九一一事件"后，美国人自己发现，自由与安全是有矛盾的，自由度愈大，安全度愈小。恐怖分子正是钻了自由的空子。劫难之后，为了加强安全度，便削弱了自由度。现在乘坐飞机要通过那个安全检查门，太麻烦太不自由了，连鞋子帽子也要脱下来检查。这种自由的困境恐怕是哈耶克①和以赛亚·伯林（积极自由和消极自由的立论者）没有体验到的吧。我到美国之前，也只从书本上认知自由，对自由的看法过于简单幼稚，到了美国，读了美利坚这部自由大书之后，才有了深一些的认识，所以才写了《逃避自由》这篇散文。在美国几年，至少认识到一点，自由不是天赐的，不是他给的。自由是自己争取得来的，是自给的。没有能力，就没有自由。你不会开车，连个逛商场和看电影的自由都没有。如果不是来到美国，我既无法体会到自由的欢乐，也无法看到滥用自

---

① 《自由秩序原理》和《通向奴役之路》的作者。

由的可怕。当我在草地上绿树下享受阅读的大自在时，突然听到科罗拉多某一中学校园里的狂生滥杀老师与同学的枪声，我知道，这是持枪自由的产物。当我驾车送小女儿上学时，看到先到校园的几个女学生拼命抽着烟，浓雾弥漫，怪味熏人，我感到恶心并知道，这是少女吸烟自由的结果。美国尽管禁止吸毒，但电影明星、歌星沉醉于吸毒的大有人在，警察拿他们一点办法都没有。著名黑人女歌星威廉·休斯敦夫妇，吸毒吸得昏天黑地，但美国政府与社会只能听之任之，我知道，这是自由压倒限制、压倒责任的结果。无数滥用自由的例子让我明白了"自由"、"民主"等的大概念并非只有闪光的一面，它的内涵丰富，应用起来极为复杂，其负面也可能造成灾难，不可浪漫地把握自由。

尽管如此，但应当承认，美国是一个拥有高度思想自由、言论自由、宗教自由、迁徙自由等种种自由的伟大国度。有高度的自信力，才有高度的自由。在美国，几乎没有一天不听到批评总统、批评议会、批评社会腐败现象，但是这种批评自由并没有导致时局混乱，倒是使美国得以及时纠正大小错误，免于积重难返。美国的言论自由造成巨大的压力，迫使政府停止了越南战事，现在，这种自由舆论又在迫使美国政府从伊拉克撤军。布什政府侵略伊拉克而破坏了国际政治游戏规则，所受到的最大谴责并不是来自国外，而是国内。我作为一个思想者，当然喜欢这种思想自由与言论自由，并把思想自由视为最高价值与最高

171

尊严。这是从我个人的主体需求上说，如果从人类的知识层面上讲，则可以说，美国是地球上一个巨大的自由参照系，有此参照系在，我们才会明白奥斯维辛集中营和古拉格群岛是不对的，我们中国秦代的焚书坑儒和现代"文化大革命"中的"牛棚"也是不对的。在看到自由的价值与自由的困境之后，才知道自由对我原来是一道巨大的考题，一份需要不断思索的试卷，太本质化的回答恐怕是不会及格的。所以，今天我也能说说它对我的意味，并不是对它的整个价值体系的评述。

（选自《阅读美国》）

奥巴马童话

美国第四十四任总统奥巴马的就职典礼当时是在新历一月二十日举行的，这日子正是中国旧历的腊月（十二月），离春节只有五天。这一天不仅天气很冷，而且又是美国经济严寒的冬季，因此，我们不妨称它为美国腊月天。

在美国的腊月里，人们谈论的只有两个主题：一是经济海啸；二是新总统奥巴马。像在谈论神话，前者讲旧神话的破碎，后者讲新神话的建构。我不喜欢政治，但喜欢神话。当时电视台的《好莱坞明星生活》专题节目，把奥巴马和他的太太米歇尔以及两个女儿混同电影明星，展示第一家庭的各种生活细节。被好莱坞节目这么一搅和，我更是把政治舞台和艺术舞台打成一片，观赏总统选举与新总统就职，就像看电影。充当政治的局外人，还有另一个原因，是我始终不情愿加入美国国籍，只持美国 "绿卡"（长期居住证），为的是守住中国护照，我把中国护照视为最后一片国土，有它在，血脉深处就暖和一些。然而，作为一个思想者，我又必须超越国界进行思索，守持的是思想者部落成员和世界公民的眼睛，用这种眼睛看美国、看中国、看世界，比较

173

轻松。看看说说，说说看看。看看而已，说说而已。

尽管轻松，但还是有一种天然的选择倾向，只是选择的标准也是超功利与超政治的。例如，当时在共和党总统候选人麦凯恩（配角佩伦）与奥巴马（配角拜登）的竞争中，我天然地站在奥巴马一边，希望他胜利，这原因只有一个，他年轻而富有活力，至于他的核心概念——Change，即改变美国，我并不太相信也不太在乎。除了他年轻之外，还有一个原因，是他确实聪明至极，像是从大地上突然冒出来的黑金猴，不仅口里念着"变"字，而且酷爱读书。凡是好学的人，我都有好感。美国的报刊称奥巴马是可见的"有学问的总统"，不仅喜欢谈政治学、经济学的书，而且喜欢谈文学的书。阿根廷的报刊说，奥巴马在大学期间就熟读博尔赫斯与科塔萨尔等的小说，他当总统后，与阿根廷总统克里斯蒂娜·费尔南德斯通电话时就说到这两位拉美大作家的名字。奥巴马本人的著作《我父亲的梦想》和《无畏的希望》，既有思想又有文采，既无媚俗的矫情，又无媚雅的酸气。此次美国人格外关注总统竞选，说到底是关切自己在经济衰退中的命运。而我尽管用读书看戏的心态看美国，但二〇〇八年的经济海啸，也使我震动，加上美国总统选举中候选人和选举人面对生存危机的应战声音，我也不由自主地再次想想美国事与天下事，并借用冯梦龙编纂的"三言"① 之名，记下三则世事所启迪的事理。

---

① 《喻世明言》、《警世通言》、《醒世恒言》。

喻世明言

第二次世界大战让整个地球布满鲜血之后，产生了三个大结果：一是殖民主义体系的崩溃；二是两个不同意识形态阵营的对峙；三是美国的崛起。二战的战火没有在美国的本土上燃烧，而且战事中和战后它输入了来自各国的第一流脑袋，包括爱因斯坦的脑袋，这种大聪明从根本上强化了美国，使它成为地球上最强大的国家。

但是，这次次贷危机（subprime crisis）所引发的经济危机，一下子就把美国打击得"头破血流"，股票市场上的道琼斯指数从一点四万多点降到七千多点，比"九一一事件"后的指数还低，到处都在呼救，连象征美国工业的三大汽车公司（通用、福特、克莱斯勒）如今也破产的破产，重组的重组，其呼救的笛声更是惊心动魄。危机中市民们心理太脆弱，圣诞节前夕，竟发生抢购沃尔玛的便宜货而踩死一个雇员的丑剧。美国是世界经济的"老大"，老大一出事，欧亚的老二老三们都跟着倒霉。一打开电视报纸，就会被一些莫名其妙的天文数字吓得目瞪口呆。几千亿、几万亿美元刹那间蒸发掉了，接着，又是几千亿、几万亿美元的救市计划。这些天文数字是从哪儿来的？是怎么算出来的？拿出千亿万亿的救世主是谁？他们从什么地方弄出这么多钱？我们这些书生真不可太关心，一关心就会觉得这个世界太荒唐、太古怪、太不可思议。

在美国盛世的危机中，我脑子里老是盘旋着"脆弱"二字，想到的全是"脆弱"的真理：不仅人是脆弱的，国家是脆弱的，现代化体系也是脆弱的。前几年，有一次纽约突然全市停电一天，结果整个城市立即天昏地黑，冰箱冰柜里的鱼肉变味已不足一提，有位居住于纽约的朋友告诉我，停电时他正在地铁里，那一刹那突然停车，然后就是一片黑暗和黑暗中的惊慌叫声。怎么走出地铁，什么时候能走出地铁，是黑暗中的生命共同的焦虑。朋友说，那时他只有一个念头，地铁就是地狱，唯一的期待是走出地狱。整个世界的现代化体系看起来异常庞大，可是它所依赖的电、石油、飞行器等，无论哪一项出问题，都会产生整个现代化体系的雪崩。这次停电事件发生后，我才明白，纽约是强大的，但纽约又是脆弱的。

我在《红楼人三十种解读》①中写了一节"玻璃人"，指涉和评论的主要对象是王熙凤。人们都知道她强悍的一面，忘记她"脆弱"的一面。李纨说她是"水晶心肝玻璃人"，很少人注意到。所谓玻璃人，就是外强中干的脆弱人。王熙凤得势时呼风唤雨，不可一世，真像铁老虎，可是一听到皇帝的锦衣卫要来抄捡贾府的消息，第一个吓得晕死过去的就是她。这个王凤姐，归根结底是一个纸老虎，一个玻璃人。其实，不仅是王熙凤，凡人都有极脆弱的一面，英雄也如此。人既经不起打击，也经不起诱惑，甚至

---

① "红楼四书"的第三种。

经不起一点挫折、委屈和孤独。关于人的脆弱，过去我就写过相关文字，而此次经济海啸之后，才明白国家也是脆弱的，至少可以说，有其很脆弱的一面，即使像美国这样强大的国家，也有像玻璃那样容易破碎的一面。当然，美国是百足之虫，被击倒了还会爬起来，但是，此次海啸之后，恐怕也应当多一点自知之明吧，倘若敢于承认大帝国也可能是玻璃国，那就算有了进步，灾后才可能有新的稳固与发展。"自明其脆弱"，时代正在发出这样的喻世明言。

警世通言

此次奥巴马能中选总统，固然是因为他本身才华过人，极为聪明，但也得益于前任总统布什的声名狼藉并给美国造成巨大问题，从而也造成响应奥巴马"变革"的时代条件。奥巴马就任总统后的重要使命就是给布什总统"擦屁股"，至少得擦两年。布什是出身于望族的世家子弟，胆子比较大，可惜缺少奥巴马的才华与文采，更要命的是胆大带来的专制武断，使他选择了战事。针对伊拉克的七年战事，已让美国投入了一点三万亿美元，相当于九万亿元人民币。如果这笔钱能投入教育或国计民生，那将意味着什么？伊拉克的前总统萨达姆·侯赛因固然是个令人讨厌的专制蠢人，但有他在，才能牵制伊朗而赢得中东政治生态的平衡，真聪明的美国战略家应当知道，没有萨达姆也要制造一个萨达姆。但小布什偏偏要拿一个莫须有的罪名发动战争，结果是让美国的旺盛元气一天天在那里消耗掉。我关注战事是因为从内心深处憎恶战事，憎恶政客们制造大规模的血腥游戏，关心的不是经济数字，而是无法计算的鲜血量。托尔斯泰和甘地在我心中之所以永远灿烂，是因为他们守持一个真正酷爱人类的非暴力的政治原则"勿以暴力抗恶"，这一真理多么美啊！二〇〇一年美国的《时代》周刊，评出二十世纪地球上三个最伟大的人物是爱因斯坦、甘地和罗斯福。甘地无愧是伟大人物，他创造的非暴力绝对论，和爱因斯坦的相对论一样精彩，是颠扑不破的、像星空一样灿烂的永恒真理。世界上的事端、矛盾、冲突，永远都会有，但用流血战事的办法来解决不是好办法。世上没有什么事端不可以通过对话、妥协、调和来解决。有些政治激进论说：思想观念的分歧就不可以妥协。不对，这也可以妥协。无论是基督教思想、儒教思想，还是伊斯兰教思想，都是巨大的思想存在，都是应当尊重的大文化存在。诸教诸家只能谋求和谐共在，不可心存一个吃掉另一个的幻想，更不可能企图以自己的存在方式、思维方式去统一全世界的存在方式和思维方式。有这种企图，就会导致流血，导致战事。六年来，美国在两伊上的行为，给美国带来困境，但也给人间带来"兵者，凶器也"（《道德经》）等警世通言。

醒世恒言

面对小布什总统留下的就业、医疗、教育、环保、反战声浪等"烂摊子"和经济危机等巨大问题，聪明的奥巴马组织了一个包括克林顿夫人希拉里在内的强大领导团队。此次组阁，说明奥巴马的选择不存私心，不存种族与政党偏见，只要有真品格真才能就可以进入他的核心。原国防部部长罗伯特·盖茨虽是老牌共和党人，但被奥巴马邀请留任，此举很不简单。

在巨大的挑战面前，奥巴马还找到自己的两个前任榜样，实际上是两个精神基石，一个是林肯总统，一个是小罗斯福总统。林肯是为了打破美国种族分别而献身的英雄领袖，出身于黑人的奥巴马高举他的名字意味深长而且天经地义。他此次竞选举起的是"变革"大旗，而罗斯福总统就是变革的伟大先驱。这位总统引导美国走出二十世纪三十年代的大萧条，功高盖世。在他的主持下，美国政府实施了一系列的社会改革法案，包括《全国劳工关系法案》、《社会保险法案》、《税收法案》等，而且还成立了联邦紧急救济署和工程振兴署，使联邦失业救济成为半永久性的措施。我因为在美国校园里工作、纳税超过十年，二〇〇六年年满六十五岁，因此也得到退休医疗保险和退休金，这就是一九三五年《社会保险法案》的泽溉。我常与朋友说，这种社会保险，乃是资本主义体系中的社会主义因素，罗斯福总统的新政，正是强化政府干预经济的新政，即凯恩斯主义的新政。苏联、东欧体系解体后，主张绝对自由经济的哈耶克①红极一时，现在已经失去光芒，奥巴马的新团队更不会理会他的思想，也不会走里根、撒切尔夫人（英国）的路。奥巴马选择罗斯福作为自己的楷模，无论是在改革的精神层面还是在改革的实际层面，都是符合逻辑的。我相信，随着奥巴马走上历史舞台，世界范围的思想界、理论界将会获得一种重新研究资本主义的动力与兴趣。

我对经济学一窍不通，不敢妄言。但由于奥巴马的刺激，竟也想到，社会主义与资本主义并非水火不容，并非注定要你死我活。罗斯福明明就在资本主义里注入社会主义血液，邓小平也明明就在社会主义计划经济里注入资本主义成分。所谓社会保障乃至社会主义也就是给穷人和老弱病残多一些福利，以使多数人能过平安日子也能对未来有个从容的期待。我在一九九二年和一九九三年之中到瑞典斯德哥尔摩大学"客座"一年，才多少明白一点私有制国家的高福利政策是怎么回事。在我女儿阅读的瑞典历史课本里，课本编写者把自己称作社会主义国家，而中国被称为共产主义国家。瑞典确实在资本主义体系中注入了大量的社会主义机制。福利极高（每个人都可享受医疗保险和失业补助），但税收也极高。教授的税收达到工资的百分之六十五。这种高福利政策很人道，但也使社会缺少活力，

———————————
① 《通向奴役之路》的作者。

难怪有些电影明星要往美国跑。人类社会充满困境，哪里有生活，哪里就有困境。奥巴马强化福利的政策，他的罗斯福火炬能否照亮其未来的道路？人们都在观望着。大改革是非常艰难的事业，它比暴力革命麻烦多了。在艰难面前，奥巴马是否有足够的魄力？这是人们心存的第一疑问。其次，奥巴马是否能掌握好改革的分寸即所谓平衡点、适度点？这是人们心存的第二疑问。我只是个旁观者，只观望，不操心。但毕竟是个思想者，观望中想到：这个地球，从自然地理的层面上看，它由亚欧、非洲、印度洋、太平洋、美洲、南极洲等几个大板块组成，批评了欧洲中心论之后，文明人类已不对任何一个板块存有偏见。但从历史文化层面上看，这个地球，则存在过原始社会、奴隶社会、封建社会、资本主义社会、社会主义社会，至今仍有封建社会、资本主义社会、社会主义社会三个主要板块。原始社会、奴隶社会属于野蛮板块，且不去说它。那么，现存的这三个大板块该怎么评估，该怎么相处，恐怕就不是野蛮与反野蛮、进步与反进步等本质化描述可以解决的。冷战时期政治意识形态压倒一切，社会主义与资本主义构成势不两立的两大营垒，只能一个吃掉一个。现在看到，"你死我活"的哲学是行不通的，还是"你活我也活"比较好。大家按照不同的方式活着，取长补短，合生存、温饱、发展的大目的就好，诚如邓小平所言，不管白猫黑猫，能抓到老鼠的就是好猫。每个民族，每个国家都有选择自己道路的权利，懂得"走自己的路"，才是大聪明。人类进入文明史才三五千年，时间很短，总体说来还是幼稚的，一切存在方式的选择都不能说已经呈现绝对精神，只能说是试验而已。各种不同的社会板块都有试验的权利，尊重这种权利，应是二十世纪争斗之后留给后人的醒世恒言吧。

奥巴马是否会带领美国穿越海啸创造奇迹，我们且不作判断。未来的路是极艰辛的。但是，无论如何，一个从芝加哥黑人底层社会走出来的年仅四十多岁的年轻黑人，竟能当上阳光下最强大国家的总统并开始挑战历史，这本身就是奇迹。我阅读美国这部大书，当然不能放过奥巴马这一正在展开的篇章。

醉卧草地

　　十年前，我写过一篇名叫《草地》的散文，说生活虽然复杂，其实也很简单，只要有一箪食，一瓢饮，一片草地就够了。没想到，现在买了房子，自己也拥有一片宽阔的草地，不仅可以在草地上干活，还可以在草地上读书，睡觉，做梦。

　　在草地上沉思的时候，感觉只有一个，也只能用一句话来表述：幸福极了。我想不出有其他的日子、其他的瞬间比醉卧草地时更加幸福。所谓幸福，就是对大自由与大自在的体验。此时此刻，没有人干预我，没有怀疑的目光看着我，偶像、世相、幻相、官场、商场、名利场全在遥远的地方，身边只有无声无名的小花、小草、叶子，陪伴我的是晴朗的阳光和最质朴的生命。草地帮助我展开新的灵魂之旅，帮助我放下许多难以释肩的重负与浊物，帮助我赢得天空的大明净与内心的大明净。草地如此神奇，许多人可能不知道。

　　来到美国这么多年了，来干什么？革命吗？谋生吗？发财吗？争取名声与光荣吗？都不是。过去说，广阔的美国对于我只意味着一张平静的书桌，今天还得补充一句，偌大的美国对于我只意味着一部可阅读的书本，一片可供我思想云游的草地。

在草地上我几次想起普希金的《致大海》，想起他把大海命名为"自由的元素"。不错，大海就是自由的图腾，所以我才写了《读沧海》。而现在，我发现了另一个自由的元素，分布在辽阔大陆上的自由元素，这就是草地。很奇怪，一坐在草地上，我的思想就会像波浪一样汹涌。这是丢开书本的自由驰骋。神游开始了，云游开始了，我意识到自己的生命正在告别往昔的状态。往日从书中读到"大隐"与"小隐"的概念，说小隐隐于山林，大隐隐于朝市，而我要给大隐重新定义。大隐逸者就是云游者，他不管在山林，在朝市，甚至在宫廷，都是隐逸状态。因为他始终隐逸于内心之中，隐逸在自己所创造的一片精神园地里。草地对于我，既是物质的，又是精神的。草地是他人不可随意踏进的领域，唯有松鼠、云雀、蜻蜓可以来做客。

很早就记住庄子的"独与天地精神往来"的话，但不知如何实现。这回斜卧草地，望着蓝天白云，才知道是怎么回事。在草地上我获得一种生命的沉浸状态，灵魂一直往内心深处走，想得很深，也想得很远，走到最深处时，便与宇宙相接。生命本就和宇宙紧紧相连，后来才被知识、理念、语言隔开，这回沉浸于草地，排除了中间物，便与天地直接交游了。也是在此时，才感到宇宙就是生命，生命就是宇宙。愈生命，愈宇宙；愈宇宙，愈生命。过去曾误认为历史语境、家国语境大于生命语境，这回才悟到事实正相反，完全是生命语境大于家国语境。此时生命就在无边无际的大苍穹中翱翔，扶摇直上九万里原以为是神物的本领，其实自己也可得此大自由。逍遥游，本来就是人生的应有之义。那些否定隐逸权利与逍遥权利的理论，我不再相信。

常常是中午一点，妻子在阳台上叫"吃饭"，可是我一点也不饿。要是在别处，一过午我就饿得慌。显然是草地给我注入了能量，否则精神怎么这样好，满心都是思绪。思绪到了溢满的状态时，便觉得文字的无力。有什么辞章可以表达我在草地上的感受呢？一开口、一着笔就觉得语言的苍白。难怪中国的禅宗大师们要放逐概念。过去说古希腊安泰俄斯以土地为母亲是神话，这回知道每个人都是安泰俄斯，躺卧在草地上时，显然吮吸了母亲的能量，否则，怎么会不感到累和饿？

童年时代，我家附近也有一片翠绿的草地，可是我辜负过它，不知道应多仰仗它去吸取更多的阳光与星光。今天我走过风风雨雨，知道草地是什么，不会再辜负它了。我将在这里不断开掘自己的生命。醉卧着是沉思，不是沉沦。

（选自《阅读美国》）

走访海明威

此次告别旧岁之际，我和妻子女儿选定去佛罗里达游玩。从白雪覆盖的落基山下飞到红花盛开的加勒比海岸边，好像从冬天飞向夏天。美国的东南半岛，气温将近摄氏三十度，遍地是郁郁葱葱的椰子树、芭蕉树、榕树与凤凰木，一派浓密的热带风光。

小女儿刘莲刚拿到计算机工程硕士学位，满心高兴。两年半时间边工作边读书，非常辛苦，这回她要到佛罗里达好好地松一口气，于是，眼睛盯着奥兰多的环球影城和迪斯尼乐园及海洋公园，而我则盯着南端海角上的基韦斯特（Key West），那里有海明威的居住地与写作处。女儿理解我的心情，便在奥兰多游玩四天之后，驾车奔向迈阿密（Miami），在那里参观了鳄鱼公园和浮华的海滨之后，便又驱车五个小时，直奔基韦斯特。中间经过一个名叫 Key Largo 的小城，便驶向梦幻般的海上公路。这是我见到的最奇特的几乎也是最美丽的公路。大约两百公里的线路就像一条浮挂在海上的珍珠长链，一粒一粒的珍珠是小岛，小岛与小岛之间是桥梁。最长的一座桥梁达七英里，真是难以置信。我不停地看着车窗两边的海水、海树与海鸥，觉得自己是坐在疾驰的皮艇之上，海浪就在身边翻卷。我对人类的崇拜是从具体的创造物开始发生，这一回，在心中扬起的是对海的造物主与对海上梦幻之路的造物主的双重敬仰，可说是天人合一的衷心赞叹。

一到基韦斯特，我们立即扑向海明威故居。没想到，被花木包围着的两层小楼挤满了参观的人，"故居"已多了一重"博物馆"（museum）的身份。讲解员正在给来访者介绍几只猫的名字和它们的脾气。海明威生前除了酷爱钓鱼、打猎之外，还喜欢养猫。他是一个充满内在力量与内在气魄的作家，连养猫也一养就是五六十只，现在主人不在了，但猫群还是继续繁衍，每一只生动的眼睛都在唤起访问者对伟大心灵的缅怀。海明威在一九二八年（二十九岁）自巴黎返美，定居于此处整整十年。在这里改定了《战地春梦》（共修改十七次），写作了《午后之死》、《赢家一无所得》（短篇小说集），并从这里出发，前往东非作狩猎旅行，返回后又完成了《乞力马扎罗的雪》（另一译名《雪山盟》）这一不朽名著。海明威在这里虽然只有十年，一九三八年之后，他前往西班牙战场，接着又作为特派记者在二战烽烟笼罩中的欧亚辗转，但是，他的灵魂始终在基韦斯特周遭的沧海燃烧。一九四八年他回到古巴专心写作，一九五二年出版了他的代表作《老人与海》，显然与加勒比海雄浑而多种颜色的沧浪给予的灵感相关。没有基韦斯特，就没有海明威。难怪他说："I want to get to Key West and away from it all."（我希望远离一切而投身基韦斯特。）

海明威的写作室是在主房屋侧翼的另一小阁楼上，房里最重要的东西是一部打字机。他给自己安排了严格的时间表，上午打字写作，下午出海打鱼。他是个钓鱼高手，曾钓过重达四百六十八磅的大旗鱼和三百磅重的大鲔鱼。展室里有一张他一手拿着钓竿一手高高举起大旗鱼的照片，这是典型的海明威照片，满脸是海的烙印和力的自豪感。站立在海明威的写作室和大照片面前，我意识到：海明威，这是一个写作中人，更是一个生活中人；这是一个陆地中人，更是一个海洋中人；这是一个社会中人，更是一个自然中人。很明显，他与自然的关系大于他与人的关系，他与大海的关系重于他与社会的关系。想到这里，我突然升起一阵调整生命关系的冲动。我知道，这个瞬间，我受到伟大灵魂的启迪，并且明白为什么《老人与海》这一让人读了之后就心旺气旺的伟大寓言性作品会产生于海明威的笔下。"可以被毁灭，但不可以被打败"；"需要精彩的作品，但首先需要精彩的生命"。这种种精神不是在写作室里产生的，而是在与沧海的搏斗中产生的。

走出海明威故地，我们来到积满白沙的海滩。面对浩荡无尽的烟波，我发现自己的双脚所站立的地方正是真正的天涯海角。这样的特殊地点是不可忘记的，这个地点所赋予的关于调整生命与外部世界的关系的感悟也是不可忘记的：此后，生命应当多多朝向大海，朝向大自然，朝向大宇宙。

（选自《远游岁月》）

阿诺德·施瓦辛格启示录

阿诺德·施瓦辛格（Arnold Schwarzenegger）现在已经当上美国加利福尼亚州州长了。

他的竞选真是一部有趣的戏剧，观众之多，对于他恐怕也是空前的。一个著名演员走上政治大舞台，确实是值得观赏的人间活剧。反对者把鸡蛋扔到他的身上，他脸不改色，连眼珠也不转过去，无丑陋表现。仅此细节，就知道他是何等成熟的演员。

尽管我不是美国公民，纯粹是戏剧的看客，但还是会有自然的心理倾向。我真不喜欢他那些蔑视女性的言论和行为，但是知道他可能会胜利，因为他的主要竞选口号"打击非法移民"肯定大得加州选民的人心。加州和墨西哥交界，墨西哥人动不动就闯入美国，并且正在改变美国尤其是加州。对来自墨西哥和其他国度的非法移民，加州是怀着恐惧的。聪明的阿诺德了解民心，他的旗帜一定会赢得多数选票。

我不是政治家，真正感兴趣的并不在此，让我从阿诺德竞选中得到启迪的是另外两点：第一，他是年轻时从奥地利（一九四七年在奥地利出生）移民到美国，一九八三

189

年才正式成为美国公民，资历如此薄浅，竟然也可以竞选美国州长。原先的传统美国人并不把他当作新来的"异邦人"或"异乡人"。这一情况和克林顿总统执政时的女国务卿也是美国历史上拥有最高官阶的女性官员奥尔布赖特（Madeleine Korbel Albright）一样。奥卿出生于一九三七年。一九四九年十二岁时才从捷克斯洛伐克进入美国。这两个例子足以证明，美国社会是何等包容与开放，这种没有资历偏见的相容并包，真让它囊括了全世界的各种人才。美国的强国之本，并非技术，而是人才，它总能够不拘一格地吸收各种人才。第二，阿诺德是个演员，尽管他多扮演正面角色，但毕竟是个演员。演员竞选州长可以一举成功，这不简单。当然，在他之前，里根也是演员，还当上了总统。这在中国，几乎是不可思议的。在中国传统的价值观念里，演员，哪怕是一流的演员（不必说里根这种属于二三流的演员），也不过是个戏子。虽然乐意看他们的戏，也鼓掌，也叫好，但在内心深处总是根深蒂固地认定他们只是一个戏子，怎可入大雅之堂，怎可入超大雅的州长、总统殿堂?! 至今中国人还是有这种传统偏见，但美国人没有，他们没有这种固定的、僵死的对人的限定。只要有智慧，演员完全可以从小舞台走上大舞台。只要他当上州长、总统，那么，按照法制的规定，军队、警察、行政机关听从他的命令，人们绝对不会在底下窃笑他原先不过是个戏子。

中国演员的社会文化地位之低，与戏剧的地位相关。在中国文学史上，戏剧本就不属"正宗"，而属"邪宗"。

古代戏剧刚产生时，演员被称为"优伶"、"优人"。"伶"司音乐，"优"主调谑，不过是人们茶足食饱之后寻欢取乐的工具罢了。为了"好玩"，开始被选上的"优人"，多半又是些侏儒，侏儒畸形，自然好逗着玩。《史记》的《滑稽列传》就说："优旃者，秦倡侏儒也。"戏剧进入宫廷，演员也只是玩物，地位如同犬马。宋元后泛称戏剧演员为优人，高雅的士人是羞与之为伍的，在他们的心目中，演员总是逃不脱古代的"侏儒"形象，哪能和官员儒生平起平坐，更别想当什么"大人物"，这种观念可说已成了中华民族的集体无意识，积淀在深层文化结构中，难以改变。

和中国不同，戏剧在西方一直有很高的地位。希腊悲剧与希腊史诗并列为文学巅峰，悲剧作家索福克勒斯和欧里庇得斯简直就是圣人。之后，莎士比亚的戏剧更是成为人类文学的伟大坐标。在美国，奥尼尔的戏剧几乎代表美国现代最深刻的思想。西方戏剧在文化上的崇高地位自然也波及演员，于是，优秀演员不仅成了公众的"偶像"，而且也可成为民众的领袖。

美国人不仅对演员没有偏见，对其他职业和出身的人也没有偏执，白人、黑人、男人、女人、军人、报人等等都可以竞选总统，没有门第偏执与出身偏见，这一点确实属于比较先进的文化。当然背后的财力运作与集团权力运作，有时也黑暗，可未必属于先进。倘若中国能扬弃它的黑暗处，借鉴它的先进处，那就会有许多更好的故事。

　　阿诺德在影片里的正面形象一直无法从我眼中赶走，所以他当了州长以后，我还是做了这些正面的思考，而且也愿意继续观赏他今后的作为与作风。

（原载《世界日报》二〇〇四年一月十九日）

图书在版编目（CIP）数据

四海行吟/刘再复著.—北京：中国人民大学出版社，2015.6
（明德书系·文学行走）
ISBN 978-7-300-21437-5

Ⅰ.①四… Ⅱ.①刘… Ⅲ.①散文集-中国-当代 Ⅳ.①I267

中国版本图书馆 CIP 数据核字（2015）第 121555 号

明德书系·文学行走

四海行吟

刘再复　著

Sihai Xingyin

出版发行	中国人民大学出版社				
社　　址	北京中关村大街 31 号		**邮政编码**	100080	
电　　话	010 - 62511242（总编室）		010 - 62511770（质管部）		
	010 - 82501766（邮购部）		010 - 62514148（门市部）		
	010 - 62515195（发行公司）		010 - 62515275（盗版举报）		
网　　址	http://www.crup.com.cn				
	http://www.ttrnet.com（人大教研网）				
经　　销	新华书店				
印　　刷	涿州市星河印刷有限公司				
规　　格	148 mm×210 mm　32 开本		**版　次**	2015 年 6 月第 1 版	
印　　张	6.5		**印　次**	2017 年 4 月第 2 次印刷	
字　　数	116 000		**定　价**	25.00 元	